ㄴ//

서두르지 않아도
꽃은 핀다

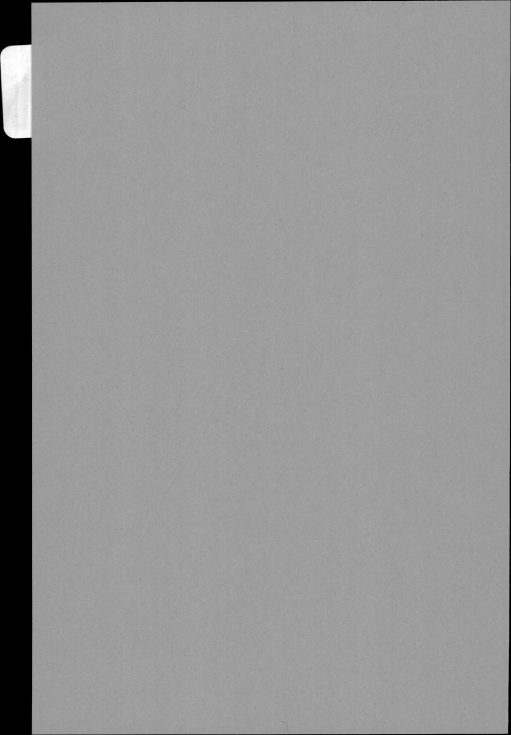

이렇게 살면
큰일 나는 줄 알았지

이렇게 살면
큰일 나는 줄 알았지

오늘의 행복을 찾아 도시에서
시골로 '나,' 옮겨심기

리틀타네
글·그림

웅진 지식하우스

서두르지 않아도
꽃은 핀다

아침에 눈을 뜨자마자 마당으로 나가 삽을 든다. 야외에서 하는 일은 해가 뜨거워지기 전에 마쳐야 한다. 밭도 만들고, 정원도 가꿔야 하고, 집도 수리해야 하고. 이제 막 시골로 내려온 신출내기 귀촌인은 허리를 펼 틈이 없다. 요즘엔 어째 수저보다 삽을 더 많이 드는 것 같다. 평생 삽질을 하며 살아왔는데 시골까지 와서 또 삽질을 하고 있다니. 이놈의 인생은 도대체 뜻대로 되는 게 하나도 없다.

처음 시골로 내려온 건, 실상 삽질에 지쳐서였다. 삽질을 즐기는 사람이 세상에 어디 있겠냐마는, 나는 유난히도 아

무런 성과 없는 일들을 해온 것 같다. 우물을 한 백 개쯤 팠
으려나?

"도전하세요! 열정적으로 사세요! 실패를 두려워하지 마
세요!"

서른이 되기 전까지 이력서 한 장을 채우기 위해 세상의
구령에 발맞춰 어찌나 구르고 달렸던지. 그러던 어느 날, 누
군가 내게 말했다. "열심히만 하지 말고 잘해야지, 잘!" 그러
고 보니 도전하는 청춘으로 살면서 난 늘 부지런히 노력만
했을 뿐, 그 결과는 미처 생각하지 못했다. 타인의 인정을 받
지 못한 경험은 이력이 되지 못했다. 한 번도 대충 산 적이
없는데, 공인된 문서로 증명할 수 없는 시간은 없는 것이나
마찬가지였다. 그 나이가 되도록 뭘 하고 살았냐는 말에 "뭘
하고 살긴! 열심히 살았지!"라고 소리치고 싶었지만 목소리
는 쉬이 나오지 않았다.

그래, 누구나 다 열심히 산다. 뜻대로 잘 안 돼서 그렇지.

난 더 이상 타인에게 나를 증명하는 데 인생을 허비하고 싶지 않았다. 열심히 살다가 나가떨어져 굴러들어 온 곳이 여기, 시골집이다. 이곳에서는 모든 걸 내려놓고 마음의 평화를 찾고 싶었다.

그런데 어라? 나, 또 삽을 들고 있네?
지금 이 상황, 예상대로 흘러가는 게 맞나?

끝이라고 여겼던 이곳에선 무엇도 끝나지 않았다. 사회로부터 은퇴하는 마음으로 내려온 곳에서는 제2의 인생이 펼쳐졌다. 뒤를 돌아보니 그간의 삽질로 만들어진 수많은 우물에 물이 조금씩 고이고 있었다. 마음껏 헤엄칠 수 있는 나의 바다는, 이렇게도 만들어지는 것이었나 보다.

어쩌면 나는 자신을 포기하고 싶었던 게 아니라 지키고 싶었는지도 모르겠다. 열심히 살기 싫은 게 아니라 한번이라도 정말 잘 살아보고 싶었다. 그러니까 지금 이 시간들은 확인의 과정이다.

세상이 살라는 대로 살지 않아도
잘 살 수 있다고, 큰일이 나지 않는다고
스스로 당당히 말할 수 있도록.

과연 이 여정은 성공적일까? 글쎄…. 언제나 그렇듯 인생
에선 무엇도 장담할 수 없고, 이곳에서 어떤 결말을 맞이할
지는 나조차 알지 못한다. 그러나 부디 걱정은 넣어 두시기
를. 어차피 밑져야 본전이다. 최악의 경우에도 이곳에서 평
화롭게 늙어가는 게 전부겠지. 어찌 됐든 살다 보면 다 살아
지는 게 인생이다.

그러니 일단 가보자고!
서두르지 않아도 꽃은 피는 법이니까.

2023년 초여름
나의 작은 돔집에서
리틀타네

2부 넘어졌으니
잠시 누웠다 갑니다

3부 가보지 않은 길은
알 수 없으니까

4부 이렇게 살면
큰일 나는 줄 알았지

1부

나답게
살아보겠다는 결심

세상이 살라는 대로
살지 않아도

나의 20대 초반은 그야말로 질풍노도의 시기였다. 하고 싶은 일이 있으면 무조건 덤비고 부딪혀서 깨졌다. 스물이라는 나이가 주는 무모함 때문인지 당시의 난 거칠 것이 없었다. 남들이 어떻게 살든, 뭐라고 하든 내가 하고 싶은 걸 할 수 있다면 그걸로 충분했다. 마음이 가는 대로, 상황이 주어지는 대로, 세상 이곳저곳을 돌아다니면서 입맛에 맞는 경험만을 쏙쏙 골라 체험했다. 말 그대로 '곧 죽어도 Go!' 하던 시절이었다.

다른 아이들이 안전한 길을 걸으며 이력서의 빈칸을 차

근차근 채워나가고 있을 때, 나만의 길을 갔다고 할 수 있겠
다. (개척했다고 하는 편이 좋을까?) 누구에게도 공증받지 못했
고 서류상으로는 어떤 기록도 남기지 못했지만, 똑똑한 이
들이 말하지 않았던가.

무슨 일이든 결과보단 과정이 중요하다고.

그러니까 나는 똑똑이 선배들의 말을 믿었다. 유명 강사
의 강연이고 베스트셀러고, 죄다 열정과 패기를 외치며 네
삶을 살라고 했으니까. 나는 정말 내가 잘 살고 있다고 생각
했다. 고개를 들고 주변을 둘러보기 전까지는.

20대 중반. 나는 어느새 혼자였다. 그도 그럴 것이 백수
한량인 나와 달리 또래 친구들은 대학을 졸업하고 취업을
하고 자격증을 따고 회사를 다니며 눈코 뜰 새 없이 바쁜 나
날을 보내고 있었다. 모두 학교에 간 시각에 혼자 놀이터에
남겨진 아이처럼, 내게만 주어진 여분의 시간을 어찌해야
할지 몰랐다.

'그… 뭐야, 사회생활이라는 거, 나도 한번 해볼까?'

그때 난 뒷짐 진 채, 여유로운 척 휘파람 불면서 큰 소리로 혼잣말을 했던 것 같다. 식은땀이 등 뒤로 흐르고 있었으나 불안을 드러내고 싶지는 않았다. 그건 자발적 아웃사이더로 살아온 지난날에 대한 예의가 아니었으니까. 이력은 조금 독특할지 몰라도, 그 과정에서 쌓은 경험만으로도 충분히 사회에서 잘 해낼 수 있으리란 자신이 있었다.

그러나 평범한 사회생활의 꿈은 의외로 아주 기본적인 곳에서부터 발목을 잡혔다. 이력서의 빈칸을 채울 스펙이 없었다. 다양한 경험을 쌓으면서 나름대로 열심히 살아왔다고 자부했지만, 충격적이게도 당시 이력서에 쓸 수 있는 건 '고등학교 졸업', 딱 한 줄뿐이었다. 이력서의 첫 장만 넘기면 멋진 자소설을 써 내려갈 수 있을 것 같은데, 그 첫 장이 도무지 채워지지 않았다. 그 흔한 수료증도, 대학교 졸업장도, 자격증도 하나 없었다. 결과보다 과정이 중요하다더니, 인증서 없는 과정은 어디에서도 인정해주지 않았다. 하기야 인증서 하나 없이 지나온 시간들을 남들한테 어떻게 증명한 단 말인가. 그간 찍어온 셀카 몇 장 붙여놓고 '저 진짜 잘할 수 있습니다!'라고 한들, 그 말을 누가 믿어줄까?

똑똑한 선배들처럼 자발적으로 경쟁에 참여하지 않았다고 생각했는데, 지금에 와서 보니 이건 선택이 아니라 도피였다. 모두가 정해진 트랙를 달리고 있는데 나만 경기장 밖에 소외되어 있지 않은가. 남들이 다 치열하게 경쟁하는 와중에 혼자 동떨어져 놀고 있는 꼴이라니. 이건 자발적 아웃사이더가 아닌 그냥 찐따였다. 내 멋에 취해 살아왔는데, 이래서야 조금도 멋있지 않았다. 그래서 나는 그간의 신념과 이상을 버리고, 경주에 뛰어들기로 결심했다.

그렇게 나는 경주마가 되어 레이스에 올랐다.

이력서 한 장의 무게

솔직한 심정으로는 이력서를 한번 멋지게 채워보고 싶었다. 나 혼자 잘난 맛에 사는 것이 아니라 남들 보기에도 잘난 사람이 되고 싶었다. 20대 중반까지 혼자만의 세계에 빠져 있었다고 생각하자 조바심이 일었다. 그래서 그간 축적해온 욕망을 엔진 삼아 폭주기관차처럼 달리기 시작했다.

우선, 남들이 하는 건 무조건 따라 했다. 자격증을 따기 시작했고, 인지도 있는 대학에 편입해 철학과 영어영문학을 전공했다. 또 묵히고 있던 그림 실력을 키워볼 생각으로 일러스트 작가 모임도 시작했다. 그렇게 앞질러가는 친구들과 격차가 좁혀지는 듯했지만, 아직 부족했다. 친구들은 이미 직장을 다니며 경제적 기반까지 다지고 있었다.

나도 질세라 용돈 벌이로 시작한 웹툰 작화 아르바이트를 늘렸고, 나중에는 사무실까지 임대하기에 이르렀다. 아침부터 밤까지 사무실에서 일하고, 학교에 가서 수업을 듣고, 남는 시간에는 자기계발 모임에 참석했다. 숨 가쁘게 살아가며, 그런 자신이 얼마나 자랑스러웠는지 모른다.

'이러면 나도 잘 살 수 있겠지, 적어도 남들만큼은.'
그렇게 달리고 또 달렸다.

수년이 흘렀다. 나는 여전히 트랙을 달리는 경주마처럼 정신없이 바쁜 일상을 보내고 있었다. 그런데 이 경주에는 조금 이상한 점이 있었다. 도무지 결승선이 보이지 않았던 것이다. 금방이라도 탈진할 것 같았지만, 경주는 계속됐고 경쟁 상대는 줄지 않았다. 그만큼 달리면 목에 메달 하나쯤은 걸 수 있을 줄 알았는데, 나는 아직도 트랙 위에 있었고 지금껏 불태운 열정과 시간에 대한 보상이 돌아올 기미는 보이지 않았다.

불만을 토로해봐야 남들도 다 그러고 산다는 대답만 돌아올 뿐이었다. 대학을 나오면 취업을 해야 되고, 그다음엔 결혼해야 되고, 애를 낳아야 되고, 승진해야 되고, 집을 사야 되고…. 경주를 멈출 수 없는 이유만이 줄줄이 땅콩처럼 이어졌다.

희한했다. 마음 내키는 대로 살다가는 죽도 밥도 안 될 것 같아서, 아무것도 되지 못할 것 같아서, 남들하고 발맞춰 살면 뭐라도 될 수 있을 것 같아서, 스스로 경기장에 돌아왔다. 그러나 10년이란 긴 시간을 쏟아붓고도 나는 여전히 아무것도 아니었다. 청춘을 허비하고 있다는 생각을 떨칠 수 없었다. 이대로 내버려둔다면 이번 생은 망할 것 같았다. 초조와 불안, 긴장, 불만, 우울이 돌아가며 찾아왔고, 결국 내 몸이 먼저 기권을 외쳤다.

골병이 든 채 나는 자의 반 타의 반으로 흰 수건을 던지고 경기장 밖으로 튕겨 나왔다. 타임아웃, 사실상 기권 패였다. 더 이상 피라미드를 올라가는 건 무리였다. 일러스트 작가의 꿈, 안정된 직장, 경제적인 풍요, 성공적인 삶을 향한 모든 욕망을 놓기로 했다. 하얗게 불태우고 남은 건 공허함뿐이었다. 우스운 건, 막상 경기를 그만두자 경기장 안에서의 모든 경쟁이 의미를 잃었다는 점이다. 그 치열했던 순간은 다 어디론가 사라지고, 내 손에는 종이 한 장만이 남겨졌다. 그토록 염원하던 꽉 찬 이력서, 그게 전부였다.

과연 이 종이 한 장에 10년 세월만큼의 가치가 있는 걸까? 아이러니하게도 나는 여전히 10년 전과 같이 아르바이트를 하고 있었다. 가득 찬 이력서 한 장을 손에 쥔 채로. 사회로 진출하겠다면서 기를 쓰고 채운 이력서는, 그때의 예상과는 전혀 다르게 살아가고 있는 지금의 내게는 아무런 의미가 없었다.

하지만 뭐 산다는 게 다 그런 거지. 약간 억울하긴 하지만 지금 와서 돌아보면 그 모든 전철을 꼭 밟아야 했는지도 모르겠다. 앞서거니 뒤서거니 하며 정신없이 달려보지 않았더

나는 무엇을 위해 그 긴 세월을···.

라면 천천히 걷는 순간의 즐거움을 알지 못했을 테니까. 세상이 살라는 대로 살아보지 않았더라면, 그에 대한 미련으로 언제 또 뒤를 돌아봤을지 모른다. 겪은 만큼 보이기 마련이다. 그렇게 돌고 돌아 나는 다시 원점에 섰다.

여전히 내게는 확고한 청사진도, 뚜렷한 삶의 목표도 없다. 확실히 아는 건, 그저 나답게 살아야 한다는 것. 마음이 이끄는 대로. 편견이나 고정관념은 내려놓고 어떤 비교 판단도 없이. 이제 나는 스스로를 찾는 여정에 오르려고 한다.

인생은 길고,
어차피 중요한 건 결과가 아닌 과정이니까.

늦었다고 할 때가
진짜 너무 늦었다

작은 언덕을 등지고 강물을 바라보는 동남향의 양지바른 나의 보금자리. 이곳에서 시골 일상을 영상에 담아 전하고 있는 나는, 몇 년 전만 해도 도시의 방구석 프리랜서였다. 그랬던 내가 유튜브를 시작하기로 결심한 것은 무려 8년 전, 지금과는 달리 아직은 유튜브가 블루오션이었을 때다. 당시의 유튜브는 지금과는 조금 달랐다. 소수의 사람들 사이에서 입소문을 타기 시작한 시기로, 유튜브에서 어떤 채널을 구독한다거나 챙겨 본다는 개념조차 없었던 시기였다. 그럼에도 내가 유튜브에 눈독을 들인 이유는 꾸준히만 한다면 내가 노력한 만큼 성과를 낼 수 있을 것 같았기 때문이다.

지금이야 개인 방송이 흔하지만, 당시만 해도 아무런 자본 없이 개인의 능력만으로 돈을 벌 수 있는 플랫폼의 등장은 엄청난 센세이션이었다. 심지어 큰 재능을 필요로 하지도 않았다. 유튜브는 어중간한 인간이 어중간한 재능으로 어중간하게 성공할 수 있는 곳이었다. 그것은 분명히 큰 장점이었지만, 안타깝게도 당시 나는 주제 파악이 안 되는 사람이었다. 아무나 성공할 수 있다는 건 누군가는 오히려 평가절하 당할 수도 있다는 의미다. 스스로 아무개가 아니라고 생각했던 나는, '나'라는 거물을 담기에는 유튜브의 그릇이 너무 작다고 생각했다.

그때 유튜브를 시작했어야 했는데….

"그때 그 주식을 샀어야 했는데…" "그때 그 아파트를 샀어야 했는데…"와 비슷한 울림이지 않은가. 세상에 타이밍을 놓쳐 아쉬운 건 부동산, 주식, 비트코인만이 아니었다. 그때 유튜브를 시작했어야 했다. 하지만 온라인 커머스의 대표인 아마존이 괴물이 될 거란 걸 짐작하면서도 주식을 미리 매수하지 않았던 나의 게으름과 오만은 유튜브 채널 개설 역시 허락하지 않았다. 그렇게 유튜브는 점차 피 튀기는 레드오션이 되어갔고, 타인의 관심을 먹고 사는 사람들은 죄다 유튜브로 뛰어들고 있었다. 나 또한 여전히 유튜브 채널에

대한 욕망은 남아 있었지만, 과열된 유튜브 시장이 도무지 긍정적으로 보이지 않았다. '그 수많은 사람들 가운데서 몇이나 성공할 수 있을까?' 머릿속으로 아무리 계산기를 두드려봐도 수지 타산이 맞지 않았다. 처음부터 시작했다면 '1세대 유튜버'라는 이점을 누릴 수 있었겠지만, 나는 이미 늦었다. 차라리 다른 신생 플랫폼을 노리는 편이 나으리라는 판단 아래, 한 번 더 포기했다.

그때야말로 유튜브를 시작했어야 했는데….

어리석은 자의 판단력은 유튜브에 있어서도 크게 다르지 않았다. 이제 유튜브는 과열되다 못해 웬만한 능력으로는 살아남을 수조차 없는 시장이 되어 있었다. 거기에 코로나 팬데믹까지 겹치자 유튜브는 부수입을 올릴 수 있는 훌륭한 대안으로 떠올랐고, 이번에는 선견지명이 있는 사람뿐 아니라 정말 모든 사람이 유튜브에 뛰어들기 시작했다. 파이가 커진 만큼 성공 사례 역시 많아지고 있었다. 내 마음은 요동치기 시작했다. 조금만 더 빨리 시작했어도 이렇게까지 뒤처지지는 않았을 텐데. 딱 1년만, 아니 6개월만 빨리 시작했어도.

그때는 진짜 유튜브를 시작했어야 했다.

그렇게 나는
시골로 향했다

"집 주변을 찍었다가 스토커가 붙으면 어떡하지? 집 밖에
나갔다가 알아보고 사진 찍자고 하면 어떡하지? 사인 해달
라고 할 때를 대비해 사인도 만들어야 하나? 아, 진짜 밖에
서 계속 사람들이 알아보면 큰일인데."

유튜브에 뛰어든 많은 이들처럼, 나 역시 일찌감치 유튜
브를 시작하지 않은 자신을 매우 꾸짖으며 계정을 만들었
다. 혼자서 하면 자신도, 재미도 없으니 동생들과 함께. 우리
는 시작도 하기 전에 유명세를 치를 일부터 걱정했다. 솔직
히 채널의 성공을 믿어 의심치 않았다. 우리는 우리가 정말

웃기다고 믿었으니까. 오랜 준비 끝에 대망의 첫 영상을 세
상에 내놓은 우리는 대박이 터지기만을 기다렸다.

그렇게 며칠을 지나 몇 주가 흘렀다. 그리고 우리의 소중한
유튜브 채널은… 놀랍도록 그 누구의 관심도 받지 못했다.

그리고 놀라울 만큼,
그 누구도 관심을 주지 않았다….

내가 다른 사람들의 영상을 보면서 별 감흥을 느끼지 못하는 것처럼, 남들 또한 우리의 영상에서 조금의 웃음 포인트도 찾지 못했다. 유튜브의 신도 우리의 계정을 버렸다. 우리 영상의 조회 수는 우리가 반복 재생한 것을 제외하면 전혀 오르지 않았다. 두 달이 지났을 무렵 나는 영상의 대사들을 외우는 지경에 이르렀고, 열의를 잃은 우리들은 빠르게 분열되기 시작했다. 그러면서 우리는 서로에게 영상 제작을 미뤘다. 사공이 많으면 배가 산으로 간다는데, 우리의 배는 사공들이 서로 노 젓기를 미루는 바람에 어디에도 도착하지 못한 채 그대로 침몰하고 말았다. 그렇게 우리는 3개월 만에 계정을 버렸고, 채널은 조용히 역사의 뒤안길로 사라졌다.

동생들이 떠나가고 폐허가 된 자리에 나 홀로 남겨졌다. 한 번의 실패를 맛봤음에도 어쩐지 포기가 되지 않았다. 입으로는 뭐라고 중얼거리든, 마음속 깊은 곳에서는 여전히 나 자신이 인터넷상의 사념체로 살아갈 운명이라고 여기고 있었다. 대박이 나든 안 나든, 젊은 날의 모습을 영상으로 담아놓는 것 자체가 의미 있는 거 아니냐며 자기합리화를 끝낸 지도 오래였다. 뒤늦게 불타오른 열정의 불씨는 쉽게 꺼지지 않았다. 야망 가득한 내게 재기의 기회는 의외의 곳에서 찾아왔다.

"타네야, 이참에 시골에 집 사서 전원생활을 하면 어때? 너 어차피 백수잖아! 마당 있는 시골에서 자연을 벗 삼아 네가 좋아하는 글도 쓰고 그림도 그리면서 살아봐."

엄마가 넌지시 건넨 말에 두 눈이 번쩍 뜨였다. '어차피 집 밖으로 나가지도 않는데, 내가 있는 곳이 시골인지 도시인지 알 게 뭐람? 이참에 내 집을 사서 전원생활 유튜브를 하면 되겠다!'

그날로 나는 인생을 송두리째 뒤바꿀 결심을 했다. 아버지가 후회할 거라며 잠깐 말리긴 했지만, 자식 이기는 부모는 없다고 했던가? 결국은 아버지에게도 무언의 허락을 받아내고야 말았다. 그러는 사이, 이삿날은 코앞으로 다가왔다. 이삿짐을 싸는 것부터 찍기 귀찮았던 나는, 이사 당일 아주 짧은 조각 영상만을 남기고 말았다. 어쩐지 일이 잘못 돌아가고 있다는 생각이 들었지만, 이미 엎질러진 물이었다. 이미 나는 거주지를 물색했고, 내 한 몸 뉘일 시골집을 찾았으며, 계약서를 썼고, 대금을 치렀고, 전입신고를 했고, 이삿짐을 쌌고, 이사를 가고 있었다.

후회하기엔 너무 늦어버렸다. 이렇게까지 했는데도 유튜브를 안 하면 나는 사람도 아니었다. 그 무엇이라도 좋으니 아무거나 찍어서 올려야 했다. 나는 이미 돌아올 수 없는 강을 건너버렸으므로….

얼마 뒤, 첫 영상 〈초보 유튜버, 유튜브 시작과 동시에 2억 탕진〉이 업로드됐다. 그렇게 유튜브 하겠다고 돌연 전원생활에 뛰어들어 버린 한 30대 여성의 가슴 아픈 기록이 시작되었다.

즐거운 나의 집

수도권에서 자동차로 세 시간, 대중교통으로는 네 시간 거리에 있는 나의 시골집은, 밥공기를 엎어놓은 것처럼 둥그런 이글루 같은 모양의 집이다. 사람들은 어떻게 시골에서 이런 집을 발견했냐며 신기해하지만, 사실 난 이 집과 초면이 아니다. 처음 이 공간을 마주한 건 지금으로부터 무려 12년 전의 일이다. 이곳은 이 지역에서 투자할 만한 땅을 찾던 어머니가 발견한 곳이었다. 함께 땅을 보러 간 나에게 엄마는 물었다.

"이 땅 마음에 드니?"

엄마는 땅 주인이 내가 되리란 걸 예견이라도 하셨던 걸까. 이곳은 해가 잘 드는 양지바른 곳이었고 길에 인접해 있으며, 마을과 어느 정도 떨어져 있어 집을 짓기에 안성맞춤이었다. 그러나 대지 옆으로 흘러가는 강을 보고는 여름에 창궐할 모기가 두려워 이곳을 고사했다.

그 뒤로 12년이 흘렀고, 다시 찾은 이곳은 더 이상 그때의 날벌레 득실거리는 땅이 아니었다. 둑과 다리가 생겼고, 도랑은 깨끗한 하천이 되어 있었다. 300평의 대지 위에는 예쁜 돔집도 지어져 있었다. 이제 이곳은 어디에도 견줄 수 없는 완벽한 삶의 터전이었다. 모든 것이 전과는 달랐다. 앞 자리수가 달라진 내 나이 그리고 내 마음가짐과 마찬가지로.

우리 집 자랑을 조금 해보자면, 내 둥그런 돔집은 전체 28평 중 10평이 거실로, 천장이 높고 벽에는 흰 황토 페인트가 발려 있어 보기에 쾌적하다. 부엌은 오래된 집 치고는 깔끔하며, 공간 구성이 좋은 화장실은 자유롭게 돌아다닐 수 있다는 사실만으로도 높은 점수를 줄 수 있다.

그리고 무엇보다 이 집의 백미는 8평 정도 되는 원형의
침실이다. 작업실로도 사용하고 있는 이 방은 전망이 좋고,
구조가 둥근 돔 형태라 깊은 밤에 간접 조명을 켜면 빛이 벽
에 반사되면서 마치 우주에 떠 있는 듯한 기분을 안긴다. 비
가 오는 날이면 텐트처럼 빗소리가 타닥타닥 방안에 울려
퍼지는데, 침대에 누워 듣고 있자면 이게 바로 천연 ASMR
이지 싶다.

하지만 세상의 모든 것에는 양면이 존재하기 마련이지.
이 집은 특이하고 장점도 많지만, 그만큼 단점도 많았다. 겨
울이면 얇은 현관문에는 밤새도록 맺힌 결로가 줄줄 흘렀
고, 비와 바람에 풍화된 외벽 역시 보수 공사가 필요했다. 화
장실은 바닥에 보일러 선이 깔려 있지 않아, 습기 제거가 여
간 까다로운 게 아니었다. 한마디로 내 손이 필요한 공간이
너무 많았다.

목마른 사람이 우물을 판다 했던가. 그렇게 시골집을 조
금씩 뜯어고치기 시작했다. 귀찮아서 손 하나 까딱하지 않

던 게으름뱅이가 자기 손으로 집을 고치고 있다니. 12년 전의 내가 이곳으로 이사를 왔다면, 며칠 버티지 못하고 부모님 곁으로 되돌아갔을 게 분명하다.

그때는 못했을 일을 지금은 할 수 있는 건,
주도적으로 사는 즐거움을 이제는 알기 때문이다.

나의 힘으로 삶을 변화시킬 수 있다는 걸 깨닫자, 더 이상 무엇도 고생스럽게 느껴지지 않았다. 결국 나를 성숙하게 한 건 엄마의 잔소리도 어른들의 꾸지람도 아닌 나의 시골집이었다.

그렇게 낯선 공간은 점차 내 집이 되어갔다. 그러자 공간이 주는 여유가 눈에 들어오기 시작했다. 도시에서는 같은 활동을 하더라도 협소한 공간 때문에 신경 쇠약이 올 것 같았다면, 지금은 대체로 여유로운 기분이다. 요가도 하고 빵도 만들고 이젤에 캔버스를 놓고 그림을 그린다. 테라스에서 말린 햇볕과 바람의 냄새가 밴 옷도 입을 수 있다. 그야말로 천연 에어드레서가 따로 없다. 마당 한편에서는 카펫을 털고, 이불도 말리며 장독도 놓을 수 있다. 좁은 아파트에서는 엄두도 못 낼 일들이 정원이 넓은 전원주택에서는 전부 가능하다. 주변이 온통 자연으로 둘러싸여 있어 고성방가로 소란을 피워도 이웃집과 마찰하는 상황은 일어나지 않는다. 층간소음에 시달리지 않아도 됨은 물론이다.

이 말인즉, 이 구역 전체가 내 세상이라는 얘기다.

마스크 쓰지 않고 밖을 돌아다녀도 된다. 다 내 땅이기 때문이다. 땅에서 자라나는 유기농 야채를 마음대로 뽑아 먹어도 된다. 다 내 밭이기 때문이다. 꽃은 씨앗을 뿌려놓으면 물을 안 줘도 자라고 나무도 대충 꽂아놓으면 자기가 알아서 성장한다. 다육식물조차 죽여버리는 화초 킬러인 나도, 내가 키운 식물의 성장한 모습을 볼 수 있다. 삽질로 이두박근과 삼두박근을 키우고, 농사일로 허리와 다리를 단련하면서 직접 키운 유기농 야채로 요리를 해 먹다 보면, 무럭무럭 자라나는 식물들처럼 나 역시 근육 짱짱한 중년으로 성장하는 것도 꿈은 아니라는 생각이 든다.

누가 뭐래도 이 집의 최대 장점은 바로 이 집이 나만의 공간이라는 사실이다. 깡촌에 있는 코딱지만 한 땅에 지어진 게딱지 같은 집이긴 하지만, 무려 자가인걸. 부모님에게 빌붙어 살던 놈팡이의 삶에 난 드디어 마침표를 찍었다. 물론 앞으로 생활비와 수리비 등으로 돈 쓸 일만 남았지만, 그래도 '자가로 독립'을 했다는 데 의의를 두려 한다. 장하다, 나 자신….

사실 이 집은 누구나 원할 만한 집도 아니며 장점만큼 단점도 많은 곳이다. 하지만 나는 만족한다. 세상에 완벽한 건 없으니까. 서울에서의 생활이 내게 편리함을 주었다면, 시골에서의 생활은 내게 여유를 선물해줬다.

사는 데는 그리 많은 것이 필요하지 않고,
서두르지 않아도 '될 일'은 됐다.

삶이 좀 단순해도 괜찮다는 걸 나는 이제야 좀 알 것 같다. 조금 복잡한 내가 조금 단순한 집에 왔으니 서로 채워가면서 더 나은 모습으로 거듭나는 매일이 되기를 바라본다.

사람이 사람답게
사는 비용

영화 〈리틀 포레스트〉에는 서울살이에 지친 젊은 여성이 고향 시골집에 내려와 자급자족하는 모습이 등장한다. 그녀는 직접 키운 채소들로 소박하면서도 정갈한 밥상을 차리며 남부럽지 않은 일상을 꾸려간다. 그 영화를 보면서 나도 시골에서 자급자족하며 살아가는 멋진 인생을 꿈꿨다. 하지만 인생의 그 무엇도 예측할 수 없듯, 귀촌 후 처음 정리한 가계부에 적힌 금액은 충격 그 자체였다. 무려 400만 원을 써버린 것이다. 믿기지 않았다. 돈 쓸 일이 별로 없는 시골에서는 내 쥐똥만 한 수입으로도 충분히 잘 살아갈 수 있으리라 믿었건만. 현실은 참담했다. 돈이 줄줄 새고 있었다.

외식도, 쇼핑도, 그 어떤 사치도 하지 않고, 다만 집에서 숨 쉬고 밥 먹고 똥만 쌌을 뿐인데 400만 원을 쓰다니. 돈을 먹는 괴물이 아니고서야 이런 일이 가능할 리 없었다. 아니면 누가 내 카드를 훔쳐 가 긁은 것 아닐까? 하지만 지난 한 달간 이 카드는 내 손을 떠난 적이 없었고, 그 돈은 틀림없이 내가 쓴 돈이었다. 일주일에 이틀, 재택 아르바이트로 입에 풀칠하고 있는 나에겐 감당하기 힘든 지출이었다.

더 이상 계획 없는 지출은 위험했다. 허리띠를 졸라맬 생각으로 지출 내역을 돌아봤다. 그러고는 깨달았다. 나는 온실 속 화초, 세상 물정 모르는 공주님이었다는 사실을. 이 세상은 살아 있다는 것만으로도 과금이 된다는 사실을….

앞으로의 생활을 위해서라도 금융 설계가 절실한 시점이었다. 일단 절감할 수 없는 고정비부터 계산해보기로 했다. 고정비를 알면 그 외의 불필요한 지출을 대폭 줄일 수 있을 테니까. 400만 원 중 154만 원은 고장 난 보일러를 교체하는 데 쓴 돈이니까 빼고, 동생에게 매달 일을 맡기는 대가로 주는 82만 원은 월급이니 지출에서 뺀다. 그러자 드러난 충격적인 사실. 고정비를 제외하고 나 혼자 쓴 생활비가 무려 164만 원에 달했다. 인간은 말 그대로 숨만 쉬어도 돈이 줄줄 새어나가는 존재였다.

가계부를 쓰고 보니 생활비 중 가장 큰 지출은 식비였다. 부모님 댁에 살 때는 냉장고를 열면 반찬이 있고, 밥통을 열면 밥이 있었으며, 찬장을 열면 각종 간식거리가 준비되어 있었다. 집에서 먹는 음식의 가격 따위 한 번도 따져본 적이 없었는데, 독립하고 나서야 알았다. 내가 얼마나 세상 물정에 어두웠는가를. 세상에선 쌀 한 톨조차 공짜가 아니었다. 김치 한 조각, 김 한 장마저 모두 돈을 주고 사야 한다는 걸 나는 어떻게 이 나이가 되도록 몰랐던 걸까?

문제는 식비만이 아니었다. 카드 명세서에는 음식 외에도 온갖 잡동사니에 30만 원이 지출돼 있었다. 사실 말이 잡동사니지, 목록을 자세히 들여다보면 구매한 물건들은 죄다 생필품이었다. 화장품, 샴푸, 칫솔, 비누, 두루마리 휴지처럼

무료 체험 기간은 이제 끝났어….

부모님 집에 얹혀살 때는 항상 남아돌던 물건들. 어디에서 와서 어디로 가는지, 독립 전에는 깊이 생각해본 적이 없었던 것들이 30만 원이라니…. 원래 기생충은 숙주가 어디서 어떤 음식을 어떻게 섭취했는지 관심 갖지 않는 법. 그간 안락한 숙주의 품속에 앉아 그들의 영양분을 맘 편히 빨아먹던 나는, 숙주로부터 독립하고 나서야 비로소 두루마리 휴지 한 롤의 가격을 알았다.

다음 문제는 기름 값이었다. 원래 집이란 따뜻한 게 당연한 공간 아니었나? 수도꼭지를 빨간 쪽으로 돌리면 따뜻한 물이 나오고, 겨울에 방바닥이 따뜻해지는 건 자연의 섭리 같은 것이라 믿었거늘 독립을 해보니 그 모든 게 다 돈이었다. 보일러 기름 값은 30만 원. 중앙난방시스템이 갖춰진 아파트에 살면서 한 번도 생각해보지 않은 지출이다. 이 집에서는 보일러에 기름을 채워 넣지 않으면, 얼음물에 세수를 하고 냉골에서 잠을 청해야 한다. 그 정도 불편함이야 정신수양을 한다고 생각하고 좀 참을 법도 하지만, 한겨울에는 사정이 좀 달라진다. 괜한 객기를 부렸다가 취침 중에 동사

할지도 모를 일이다.

그뿐일까? 부모님 지붕 아래 살 때는 얼마를 내야 하는지도 몰랐던 건강보험료도 독립과 동시에 나의 부담이 됐다. 인터넷과 케이블 사용료를 포함한 통신비 10만 원도, 하루의 작은 기쁨인 유튜브와 넷플릭스 구독료도 고정 지출로 인정하는 수밖에 없었다. 사람 하나가 사람답게 살아가는 데 너무 많은 돈이 들었다.

독립을 하면 그동안 내가 당연히 누리던 것들이 얼마나 많았는지 새삼 깨닫게 된다. 그러면서 부모님이 존경스러워진다. 그들은 어떻게 나라는 인간을 한 명의 성인으로 키워 낸 걸까.

독립 후 첫 달의 최종 생활비는 164만 원. 허리띠를 졸라맬 방법을 강구했으나 결론적으로 돈 새는 구멍은 막을 수 없었고, 줄일 수 있는 지출은 없었다. 부모님 집에서 나올 때 쌀이라도 더 훔쳐 올 것을 그러지 못한 것이 가슴에 사무쳤다. 나는 앞으로 돈을 더 벌어야 한다. 일주일에 5일 정도 일하면 되려나? 일하기 싫다. 진짜 싫다. 환상을 가지고 독립하려는 이들에게 말하고 싶다.

시골에 살아도 돈은 나가고, 일은 멈출 수 없다….

30대 자식과 60대 부모

3년 전, 지금의 시골집으로 독립했다. 태어나 처음 마련한 내 집으로 이사 왔을 때는 세상을 다 가진 것 같았다. 하지만 기쁨도 잠시, 유학 중인 동생을 만나러 잠깐 영국에 다녀오는 사이 마당엔 웬 집 한 채가 들어서 있었다. 누군가 강제 전입한 것이다. 내 영지에 불법 침입을 한 자, 바로 우리 엄마 되시겠다.

서른이 넘도록 부모님 집에서 얹혀살던 내가 그 오랜 기생 생활을 청산한 데는 다 이유가 있었다. 날이 갈수록 부모님 집에 사는 게 점점 불편해졌기 때문이다. 아무도 눈치 주지 않는데도 나 홀로 괜히 눈치를 봤다. 거실만 나가도 동네 마실을 나가는 것 같았고, 부모님이 귀가를 하면 인사만 하고 방으로 숨었다. 눈에 보이지 않는다고 없어지는 게 아닌데, 당시 나는 왜인지 몸을 자주 숨겼다. 그래서 마침내 독립을 결정했을 때는 세상을 다 가진 기분이었다. 하지만 즐거움은 오래가지 않았다. 얼마 지나지 않아 우리 집 마당에 엄마의 집이 들어섰기 때문이다.

사실 난 당신의 불법 점거에 입이 열 개라도 할 말이 없었다. 내 땅에 집을 짓겠다는 말씀에 별 뜻 없이 그리하시라며 이미 승낙을 한 뒤였기 때문이다. 내 몸에 흐르는 K-장녀의 피 때문이기도 했고, 300평이나 되는 집과 밭을 혼자 평생 책임질 자신이 없기도 했다. 언젠가는 이 공간에 부모님을 모시려는 계획도 있었다. 다만 그 시기가 지금은 아니었을 뿐이다.

"이 집은 내 요양원이야."

12평 남짓한 엄마의 요양원은 두 달 만에 완공됐다. 대한
의 건축 기술이 이렇게나 발전했다니. 감격에 겨워 눈물이
날 지경이었다. 내가 허락하긴 했지만 설마 진짜 집을 지으
리라고는, 그것도 두 달 만에 완공을 하리라고는 상상도 하지
못했다. 나는 물을 수밖에 없었다. 꼭 지금이어야만 했냐고.

　　엄마는 말했다. 어차피 장녀인 네가 가까운 미래에 늙은
어미를 모시고 살게 될 테니, 그전에 자신이 먼저 노후 준비
를 해두면 네가 더 편하지 않겠냐는 것이었다. 난 어리둥절
했다. 아직 충격에서 벗어나지 못한 딸을 앞에 두고 엄마의
말은 이어졌다.

　　"이렇게 집을 지어두면 서로 자주 들여다볼 수도 있고, 네
집 경비실 역할도 할 수 있고 일석삼조다, 얘!"

　　내 집 앞에 개인 요양원을 짓고, 나도 모르는 계획까지 세
우고 있었다니…. 엄마가 먼저 노후 준비를 시작한 건, 참으
로 감사한 일이었다. 허나, 한편으로는 전혀 반갑지 않았다.

간신히 독립을 결심하고 엄마 캥거루 주머니에서 튀어나왔
는데 다시 주머니 속에 쑤셔 넣어지는 기분이었다.

"엄마가 옆에 있으면 도움이 된다니까!"
"아, 내가 어린애인 줄 알아? 나도 혼자 다 알아서 할 수
있어!"
"네가 한 말에 책임질 수 있어?"
"당연하지!"

엄마와 박 터지게 싸우며 혼자 다 할 수 있다고 외친 그때
의 나는 몰랐던 거다. 거대한 300평의 공간을 수리하고 관
리하는 데 얼마나 많은 손길이 필요한지. 살면서 일어나는
크고 작은 사건 사고들을 나는 예측할 수 없으며, 설사 알아
챈다 한들 이를 감당할 능력조차 없다는 사실을. 하지만 인
생 경험이 많은 엄마는 이러한 일들을 미리 예상했던 것 같
다. 그래서 자식의 미래를 걱정하며 한발 앞서 준비한 거겠
지. 언제나 그렇듯 엄마는 항상 옳았고, 이번에도 옳았다. 그
렇게 내게는 이웃이 생겼다.

이젠 내 발로 좀 걸읍시다.

부모님은 언제나 내 의견을 존중하고 지지했다. 덕분에 나는 내가 하고 싶은 일을 마음껏 하며 성장할 수 있었다. 그럼에도 불구하고 엄마가 우리 집 마당에 집을 짓는다고 했을 때, 가슴이 갑갑하고 어디론가 도망치고 싶어졌다. 왜 내 옆에 집을 지으려는 거지? 이제야 홀로서기를 해보려는데 방해를 하다니! 짜증이 치밀어 올랐다.

처음에는 이 짜증이 내 독립적인 성격 때문인 줄 알았고, 나중에는 인간이라면 으레 가지는 불편한 감정이려니 했다. 새들도 성체가 되면 둥지를 벗어나 훨훨 날아가는데, 인간은 오죽할까? 인간도 성장하면 당연히 부모 곁을 떠나고 싶지 않겠냐고! 그래서 엄마를 밀어내는 이 마음이 자연스러운 것이라고 생각했다. 뒤늦게야 이것이 나의 이기심 이라는 것을 알았지만.

그러니까 사실 나는 부모님에게 도움은 받을지언정 내 인생은 내 마음대로 살게 내버려두길 바라고 있었다. 엄마가 오지 않았으면 했던 것도, 엄마가 와서 쏟아낼 질문과 관심이 내심 귀찮고 부담스러웠기 때문이다. 받을 건 모조리 받으면서도, 간섭은 받고 싶지 않았다.

"아, 몰라. 물어보지 마. 내가 알아서 할게."

이렇게 내 안에 가장 이기적인 마음이, 그 누구에게도 내 비치지 못하는 못된 심보가 부모에게만은 작용했다. 사회에서 만난 사이에선 꺼내지도 못했을 말들을 부모님에게는 이리도 쉽게 하고 있다니, 참으로 불공정한 처사였다.

결국 나는 숨 막혔던 게 아니라 귀찮은 것이었고, 구속을 당하고 있는 게 아니라 대화가 하기 싫은 거였다. 내 인생이고, 내가 내린 결정인데 설득하고 설명해야 한다는 게 너무 번거로웠다. 또 내 설명을 한 번에 이해해주지 못할 땐 더 이상 설명을 해야 할 이유를 찾지 못했다. 그리고 분노는 너무 쉽게 치밀어 올랐다. '감히, 나를 힘들게 하다니. 부모가 돼 가지고.'

생각은 거기서 멈추지 않는다. '부모는 원래 그런 거잖아. 자식을 참고 견뎌야 하는 거잖아.' 금쪽같은 내 새끼가 따로 없었다. 그러니까 결국 족쇄를 차고 있는 건 내가 아니라 부모님이었던 것이다.

엄마의 이사를 받아들이면서 이번만큼은 다른 관계를 맺어보리라 마음먹었다. 어렵게 얻은 나의 자유도 지키면서 다시 부모님의 치마폭에 들어가는 일은 없도록. 나는 우리 동네의 규칙을 세웠다.

첫째, 서로 사생활을 존중할 것.
둘째, 부모와 자식이 아닌 이웃으로 교류할 것.

예상하지 못했던 건, 규칙을 따를 마음의 준비가 되지 않은 쪽은 오히려 나라는 사실이었다. 부모님과 서로 존중하는 관계를 원한다면 자식이란 특권 역시 내려놓아야 했다. 늘 따뜻한 밥상을 받는 것도, 매사에 의존하는 것도, 당연한 듯 받기만 하는 것도 그만둬야 했다.

진짜 독립은 집에서 나와 혼자 사는 것이 아니라
마음속 깊은 곳에서부터 홀로 서는 일이었다.

지금도 내 집 앞 엄마의 요양원에는 불이 들어와 있다. 서로를 존중하며 독립하기로 합의한 지 딱 2년, 우리는 서로의 공간에서 각자의 시간을 보내고 있다. 밭일을 하거나 집 수리를 할 때면 엄마의 손을 빌리지만, 이 정도는 농촌의 푸근한 품앗이라고 퉁치고 넘어갈 수 있지 않을까. 그렇게 엄마와 나는 각자의 독립에 서서히 익숙해지고 있는 중이다.

장소가 사람을
바꾼다는 말

언젠가 사주를 본 적이 있는데, 내 사주가 '비가 내리는 산'이라는 얘기를 들었다. 큰 산에 비가 주룩주룩 내리고 있어 축축한 형세라나. 그래서 활동적인 직업을 가지고, 해가 잘 드는 양지바른 곳에 살아야 한다고 했다. 사주를 맹신하는 편은 아니지만 그 말에는 일리가 있다고 생각했다. 돌이켜보면 인생이 꼬였던 건, 늘 습하고 어두운 곳에 몸을 웅크리고 있을 때였다. 저하되는 체력만큼이나 성격은 우울해졌고, 그에 대한 울분은 보통 나 자신과 지금의 상황, 내 인생을 향했다. 그리고 그런 정신 상태는 보통 건강에 그대로 반영됐다.

굴을 파고 숨어 있는 걸 좋아하지만, 그랬다가는 병들어버리는 팔자. 게으름을 타고났으나, 누구보다 부지런히 살아야 하는 팔자. 본능에 반하는 삶을 살아야 행복할 수 있다니. 이런 모순 덩어리 인생이 또 있을까?

하지만 안타깝게도 나는 언제나 두 발로 서 있는 것보다는 앉아 있는 걸 좋아하고, 그보다는 누워 있는 걸 더 좋아하는 게으른 인간이었다. 그런 내가 은둔형 집순이가 되어 방구석에 틀어박힌 건 어찌 보면 당연한 수순이었다. 더욱이 프리랜서로 일하기 시작하면서 나의 슬럼화된 생활은 추월차선을 탔다.

때로는 최대 열두 시간까지 컴퓨터 앞에 붙어 앉아 일을 했다. 그렇게 종일 전자파에 절어 있었으면서 쉴 때조차 핸드폰과 컴퓨터를 손에서 놓지 않았다. 실시간으로 업데이트되는 인터넷 소식을 단 하나도 놓치고 싶지 않았던 탓이다. 사람들이 나만 빼놓고 자기들끼리 재미있는 얘기를 한다고? 그것만큼은 용서할 수 없었다. 그렇게 늦게까지 인터넷을 하다 새벽에 잠들어 정오에 일어나기 일쑤였고, 밥도 허기가 지면 먹었다. 그야말로 제멋대로 사는 인생이었다.

그런데 참 이상하지. 내 성향에 거스르는 짓은 하나도 하지 않으니 행복해야 정상이건만, 나는 별로 행복하지 않았다. 대신 그 외의 모든 복합적인 감정은 다 느끼고 있었다. 그중에서도 가장 두드러진 건 분노였다. 당시 나는 늘 은은하게 열받아 있었다. 운동을 했다면 쌓인 분노를 조금이라도 건전하게 풀 수 있었겠지만, 나에게 그런 기력은 없었다.

그래서 나는 덕질을 택했다. '좋아하는 것에 몰두하면 분노가 해소될까' 하는 생각에서였는데, 결과적으로는 그냥 화 많은 덕후가 되고 말았다. 다른 팬덤과 싸우는 건 물론, 우리 팬덤 안에서도 의견이 다른 팬을 만나면 내일이 없이 싸웠더랬다. 아, 물론 주먹질은 불법이니까 키보드로. 만화 속에 등장하는 과몰입 은둔형 외톨이가 진짜 세상에 있을까 했는데, 그게 바로 나였다…. 그즈음 엄마는 날 보기만 하면 이런 말을 했다.

"밖에 나가서 햇빛 쬐고 운동하면 그런 건 싹 다 낫는다."

솔직히 말도 안 되는 소리라고 생각했다. '흥, 고작 그런 방법으로 갱생이 가능하면 세상에 불행할 인간이 어디 있어!'라며 자기합리화를 하던 것도 잠시, 내 몸은 나보다 먼저 돌파구를 찾아냈다. '죽음'이라는 돌파구를…. 이렇게 사느니 그냥 죽는 게 더 이득이라고 생각한 모양이었다. 그도 그럴 것이 한번 앉으면 일어나지 않는 생활 습관 탓에 엉덩이에는 농양이 몇 번이나 재발했고, 탈모도 조금씩 진행됐다. 게다가 얼굴은 곧 죽을 사람처럼 누렇게 뜨기 시작했다. 생존을 위해서는 방구석 탈출이 불가피했다. 나는 말 그대로 정말 살기 위해 시골행을 택한 것이다.

"역시 엄마 말에는 틀린 말이 없다…."

시골로 내려오고 나서는 정말 단숨에 건강을 되찾았다. 그때까지의 병치레가 민망할 정도였다. 집 안을 돌보기 위해 끊임없이 움직이다 보니 몸도 마음도 건강해질 수밖에 없었다.

시골에서의 하루는 이른 시간에 시작된다. 지난여름, 피부를 태우는 직사광선의 무서움과 땡볕에서 일하는 고통을 몸소 겪었던 나는 자동으로 새벽에 일어나는 사람이 됐다. 시골 할머니와 할아버지들의 부지런함이 늘 나에겐 미스터리였는데, 이제는 안다. 그건 인생의 짬에서 나온 생존 전략이라는 것을. 동이 트는 순간부터 아침 9시까지가 오전 야외 노동의 피크타임이라는 걸 그분들은 몸소 체득한 것이었다. 해가 중천일 때 일어나던 내가 아침형 인간이 되다니. 역시 장소는 사람을 바꾼다.

그렇게 오전 일이 끝나면 밥을 퍼먹기 바쁘다. 종일 밭일을 하고, 정원을 꾸미고, 집을 수리하는 체력은 전부 밥심에서 나온다. 도시에서는 소식을 일삼았던 내가 이곳에서는 대식가가 됐다. 그동안 내가 소식가일 수 있었던 건, 움직임이 적어 칼로리 소모가 거의 없었던 덕분이었다. 정말이지, 장소는 사람을 바꾼다.

아침에 눈을 뜨자마자 컴퓨터 앞에 앉았던 나는 이제 해가 지고서야 컴퓨터 전원을 켠다. 업로드할 유튜브 영상을 정리하고, 재택근무 아르바이트를 하다 보면 금세 저녁 10시. 내일도 일찍 일어나려면 자정 전에 (도시인에게는 너무 이른 시간에) 잠자리에 들어야 한다. 숙면을 취하고 눈을 뜨면 다시 새벽 6시. 또 어제와 같은 하루가 시작된다. 진심으로…

장소는 사람을 바꾼다.

저질 체력과 나약한 정신의 소유자였던 나는 이렇게 시골에서 조금씩, 그러나 확실히 건강해졌다. 낮빛도 돌아왔고, 농양은 이제 더는 재발하지 않는다. 급격하게 빠졌던 머리카락도 본래의 숱을 되찾아가고 있다. 자연의 시간에 맞춰 삶의 리듬을 되돌리자, 몸의 균형은 물론 마음 역시 균형을 되찾았다. 예전에는 내 마음을 거스르면 큰일이 나는 줄 알았는데 아니었다. 나는 몰랐던 것이다.

나 자신의 응석을 항상 받아줄 필요는 없다는 걸.
내 마음 또한 언젠가는 어른이 되어야 한다는 걸.

그 시절 항상 화로 가득했던 건, 아마도 세상이 온통 내 마음대로 되지 않는 것투성이였기 때문이리라. 그리고 그 중에서 나를 가장 화나게 만드는 건 나 자신이었다. 게으름을 피우면서도 게으른 내가 싫었고, 무절제한 일상을 살면서도 그렇게 사는 내가 싫었다.

그래서 자주 엉뚱한 곳에 분풀이했다. 억압적인 사회도 싫고, 내 기분을 거스르는 주변 사람들도 다 싫었다. 통제 밖의 것들은 죄다 분노의 대상이었다. 그러다 보면 늘 마지막 욕받이는 언제나 나였다. '못난 놈, 너는 왜 항상 그 모양 그 꼴이야?' 마음속으로 욕설을 퍼붓는다.

그러니까 난 사실 나 하나 컨트롤하지 못한다는 걸 인정하고 싶지 않았다. 나의 마음을 거스르지 않으려 애쓰며, 하기 싫은 일은 회피하는 스스로에 대해 늘 핑계를 대고 있었다. 그러면서도 아이러니하게도 마음속 깊은 곳으로는 자신이 내팽개쳐지지 않길 바랐던 것 같다.

어떡하든 스스로가 무엇인가가 되어주길,
쓸모 있는 사람이 되어주길 은연중에 바라고 있었다.

그렇게 게으름과 높은 이상 사이에서 난 오랫동안 자신을 소중히 하는 법을 찾지 못했다. 답은 간단했는데 말이다. 나는 그냥 지금 이 순간을 잘 살면 됐다. 나는 이제 스스로를 하찮게 만드는 일을 하지 않는다. 섣불리 재단하지도 않는다. 마음가짐이 달라지면, 나도 내 삶도 그 순간부터 달라진다.

"어휴, 난 돈 줘도 저렇게 못 살아!"

언젠가 들었던 한마디…. 달리 설명할 방법은 없지만, 남들 눈에는 답답하고 불편한 일상이 내게는 구원이었다는 걸, 이제 나는 안다. 그저 지금의 나는 매일 아침 밖으로 나가 밤새 야채가 얼마나 자랐는지, 꽃은 싹을 틔웠는지 확인한다. 손길이 필요한 집 안 곳곳에 손을 내어주며 오늘을 충실히 살아간다. 손수 가꿔나가는 인생은 할 일이 태산이라 '나'라는 인간에게 화를 낼 틈이 없다. 그 시간에 꽃에 물이

나 한 번 더 주고, 대추나 하나 더 따고. 아, 평화롭도다. 밖에 나가 땀 빼고 일하면 마음의 병 따위는 다 낫는다던 어머니. 그래요, 당신은 언제나 옳았습니다.

할 일이 겁나게 많으니
마음의 병이 생길 틈이 없구나~

2부

넘어졌으니 잠시
누웠다 갑니다

버티며 살지 않겠다는 결심

"너 나중에 후회해도 소용없다."

귀촌을 결정했을 때, 아빠를 비롯한 많은 이들이 내 귀촌 생활에 진심 어린 걱정을 보태주었다. '가봤자 금방 질릴걸?' '젊은 애가 혼자 시골서 버텨봤자 얼마나 버티겠어.' 쏟아지는 그들의 걱정에 나는 생각했다.

"버티긴 뭘 버텨…. 그만두면 땡인데."

솔직히 기존의 삶을 정리하고 새로운 길을 택하는 건 나에겐 별로 낯선 일이 아니다. 해외를 넘나들며 바람 잘 날 없는 청소년기와 눈코 뜰 새 없이 바쁜 20대를 보냈다. '안주할 것이냐 도전할 것이냐!' 선택의 순간은 늘 찾아왔고, 그때마다 나의 마음은 도전하는 쪽으로 기울었다. 뒤를 돌아보기보단 앞으로 나아가는 것이 옳다는 걸 확인받고 싶었던 것 같다.

시골에 살며 유튜브를 하고 있는 지금의 내 모습을 보면 상상하기 힘든 과거지만, 한때 나는 프리마 돈나를 꿈꿨다. 중학교를 외국에서 다니게 되면서 그림을 포기하고 도전한 게 바로 성악이었다. 줄곧 좋아하던 그림도 땡, (10년간 배운) 바이올린도 땡. 그렇다면 노래는? 다음 도전 상대는 너다. 와신상담하며 중학교 3년 내내 열심히 성악을 공부했다.

그렇게 예술고등학교에 진학했다. 그런데 아이러니하게도 꿈에 그리던 예고에 가서 알게 된 건, 내가 무대 체질이 아니라는 사실이었다. 끼도 열정도 없었을뿐더러 무대에 서는 것을 좋아하지 않는 성악가라니. 그야말로 쇠똥이 싫은 쇠똥구리였다. 그뿐일까. 선후배 간의 지나친 위계질서, 수직적인 분위기, 음악인들의 복잡한 이해관계 등…. 예술계의 관행도 강냉이를 날려버리고 싶을 만큼 싫었기 때문에 나는 1년이 채 지나기 전에 이 바닥과 체질적으로 맞지 않는다는 걸 알게 됐다. 뒤늦게 인문계로 전학하려 해도 쉽지 않았다. 어른들의 반대에 부딪혔던 것이다.

"지금까지 투자한 돈, 시간, 피땀눈물이 아깝지 않아? 지금 그만두면 그대로 끝이지만, 조금만 더 버티면 음대도 가고 음악 선생도 할 수 있잖아! 미래가 보장되잖니!"

어른들의 말이 마냥 틀리다고는 할 수 없었다. 조금만 버티면 음대를 졸업하고 유학을 다녀와서 음악가가 되거나, 음악 선생님이 될 수 있다. 다시 말해, 한 10년만 더 고생하면 보상받을 수 있을 거란 얘기였다. 10년만 투자하면 평생 연금 보장? 나쁘지 않은 조건이다. 그렇게 어른들의 유혹에 넘어간 나는 인문계 고등학교로의 전학을 포기하고 예고를 졸업했다.

그래서 그 뒤에 내가 원하는 대학에 입학하고 안정적인 루트를 밟았느냐 하면 땡! 답은 '아니오'다. 보기 좋게 대학 입시에 실패하면서 내 계획에는 제동이 걸렸고, 주변에서는 위로가 쏟아졌다.

대신 버텨줄 거 아니면 조용히 해...

"1년만 더 고생하면 돼. 요즘 재수가 뭐 특별한 일이라고."

내가 뽑은 게 잘못된 패가 아니라는 식의 위로들. 그런데 참 이상하지. 나는 왠지 이것이 재도전을 위해 심기일전하는 타이밍이 아니라 하늘이 준 기회라고 느꼈다. 그리고 그런 기분 자체가 내 안의 많은 질문에 대한 답이 됐다.

결국 나는 재수를 택하는 대신 인도행 비행기 티켓을 끊었다.

당시 나에게 가장 필요한 건 내 마음이 하는 소리를 듣고, 그에 따라 자유롭게 살아보는 것이었다고 생각한다. 멋지게 재수에 성공해 대학에 들어갈 수도 있겠지만, 그 이후에도 계속 이 일을 하며 살고 싶은지 알 수 없었다. 어른들이 말하는 이 바닥의 성공 루트를 탄들, 그 길 위에서 난 행복할 것 같지 않았다. 나를 믿어준 부모님께 죄송하다고 인생을 통째로 헌납할 수는 없는 노릇이었다. 그래서 난 경로를 이탈했다. 다가올 미래가 어떤 모습이든, 마음이 시키는 대로 따라가다 보면 결국은 나와 가장 잘 어울리는 곳에 도달하리라 믿고 싶었다.

그 끝이 가깝든 멀든 모든 인생에는 끝이 있고, 우리에게 주어진 시간은 진정으로 원하는 삶을 살기에도 충분치 않다. 그것을 알면서도 우리는 늘 안주하려 하는 것 같다. 인생의 다음 장으로 넘어가고자 하는 마음을 거스르며, 자꾸만 제자리에 고여 있길 고집하는 것이다. 행여라도 원래 가진 것보다 못한 것이 쥐어지진 않을까, 손해를 보진 않을까. 변화는 귀찮고 두렵기에 무수한 핑계를 대며 한 발짝도 움직이려 하지 않는다. 하지만 난 생각한다. 고인물은 썩기 마련이라고.

난 지금 시골에 산다. 직접 키운 채소들로 깍두기를 담그고, 밑반찬을 만들며, 텃밭을 가꾸고 정원을 돌본다. 하루가 다르게 자라나는 잡초들과 씨름하며 정원 벽돌 공사의 청사진을 그린다. 이렇게 일상을 보내며, 이 공간에 애정을 쏟고 있지만 또 다른 변화의 시기가 온다면 나는 그것을 주저 없이 받아들일 것이다. 지난 시간은 그 자체만으로 소중하기에, 열심히 살아냈다면 그다음은 새로운 걸음을 옮길 차례라고 생각한다. 손에 쥐고 있는 것을 놓아야만 새로운 것이 손에 주어질 테니 말이다.

인생은 흐르는 강물과 같다는 말이 있다. 삶은 유한하고, 그것이 얼마나 지속될지, 그 과정은 어떤 모습일지 우린 아무것도 알 수 없다. 다만 우리의 선택이 만드는 풍경을 따라 흘러가다 보면, 언젠가는 원하는 목적지에 도달할 수 있지 않을까?

그러니까 버티긴 뭘 버텨, 그냥 사는 거지.
지금 이 순간도, 앞으로 다가올 새로운 순간들도.

스무 살, 인도행 티켓을 끊다

누구에게나 아련한 첫 실패의 기억이 있다. 내게 그것은 대학 입시였다. 이런 걸 두고 광탈이라고 하나? 6년 동안 준비한 대학 입시에 떨어지다니. 경주에서 탈락한 경주마, 내 기분이 딱 그랬다. 음악으로 재수는 하기 싫고, 이제 와서 인문 계열의 대학 진학은 무리였고, 그렇다고 그냥 놀아버릴 정도로 낯짝이 두껍지도 못했다. 그래서 난 도피를 결심했다. 한국을 떠나 누구의 눈총도 받지 않는 곳으로, 아무도 모르는 곳으로, 인생 첫 실패로부터 다만 도망치고 싶었다.

"인도는 공용어가 영어래. 그리고 대학 학비가 무료라더라!"

나를 인도로 이끈 건, 누군가의 입에서 나온 이 한마디였다. 영어로 수업을 하고, 학비가 면제되는 나라라니. 입시 준비를 하면서 큰돈을 쓴 내게 인도보다 좋은 선택지는 없었다. 그렇게 번갯불에 콩 구워 먹듯 인도 유학을 결정했고, 5월의 어느 날 인도행 비행기에 올랐다. 그리고 운명의 신은 내게 말했다.

　"안녕, 인도는 처음이지?"

　그날, 나는 비행 중에 짐칸이 열리는 모습을 처음으로 목격했다. 난기류를 만난 비행기는 당장이라도 추락할 듯 흔들렸고, 옆자리 승객은 "인도 비행기는 대부분 폐기 직전의 고물들이라 좀 부실하다"며 껄껄 웃었다. 뭔가 잘못되어가고 있는 듯한 기분이었으나 후회하기엔 이미 너무 늦었다. 인도행 비행기에 탄 이상, 모든 상황을 받아들이는 수밖에…!

　"그래, 중요한 건 꺾이지 않는 마음이다."

결연한 다짐과 함께 뭄바이 공항에 첫발을 내딛는 순간 느꼈다. '아, 지옥이 있다면 이렇겠구나.' 섭씨 40도였다. 나는 공항에 불이 난 줄 알았다. 인도의 5월 평균 최고 기온이 37도를 상회한다는 사실을, 난 도착해서야 알았다. 공항에서 맞이한 지옥 같은 더위, 그게 인도의 첫인상이었다.

인도 도심으로 이동하면서 처음 본 건, 길에서 대변을 누는 사람이었다. 꿈이면 깰길 바랐지만 안타깝게도 그건 꿈이 아니었고, 우리나라에선 상상도 못할 악몽 같은 일들은 계속됐다. 이곳은 지금까지 내가 알고 있던 문명과는 거리가 멀었다. 길에서 마주치는 대부분의 인도인들은 영어를 못 했고, 버스도 택시도 인력거도 힌디어를 모르면 탈 수 없었다. 불행히도 난 힌디어를 한마디도 하지 못했으니, 강제 칩거는 정해진 수순이었다.

인도에서의 진정한 고난은 그때부터 시작됐다. 처음 빌린 인도의 월셋집은 밤마다 복도에서 정체불명의 누군가가 중얼거리는 소리가 울려 퍼졌고, 예고도 없이 수시로 정전이 됐다. 정전은 한번 됐다 하면, 일곱 시간이 넘도록 이어졌다. 정전의 원인을 알고 싶었지만, 궁금증을 해소할 길이 없었다. 말도 통하지 않고, 인터넷 보급도 되지 않는 지역에 산다는 건 그런 거였다. 그 집의 정전 문제는 아주 오래도록 해결되지 않았고, 결국 난 개학 전까지 약 한 달 동안 매일 밤 일곱 시간을 어둠 속에서 보냈다.

고백하건대, 사실 당시의 문제들은 내가 약간의 생활력이 있었다면 어렵지 않게 해결됐을 문제들이었다. 예를 들면 이런 것. 앞선 정전 문제가 해결된 이후에도 종종 우리 집만 정전이 되곤 했는데, 알고 보니 내가 전기요금을 내지 않아서였다. 인도에 오기 전까지 공과금이란 게 무엇인지도 몰랐으니, 그럴 만도 하지. 당시 인도에서 자동이체가 가능할 리 없었고, 전기요금을 내는 방법은 직접 동사무소에 가서 현금으로 지불하는 것뿐이었다. 그래서 동사무소까지는 어떻게든 찾아갔는데, 어쩐지 아무리 기다려도 내 차례가 돌아오지 않았다.

나중에 알게 된 사실이지만, 당시 인도는 외국인이 동사무소에서 일을 처리하려면 반드시 뇌물을 가져가야 했다. 돈을 주지 않으면 일 처리를 해주지 않겠다는 거다. 그런 인도의 어두운 면을 새까맣게 몰랐던 나는, 여섯 시간 내내 동사무소에 앉아서 오지 않는 차례를 기다렸다. 그러고도 전기요금을 내지 못해 나중에야 인도 행정에 밝은 한국인 친구의 도움을 받아 뇌물을 주고 전기를 되찾았더랬다.

어디 이뿐일까. 한국에서 보낸 택배를 찾기 위해 장장 4시간 동안 차를 달려 뭄바이까지 간 적도 있다. 엄마가 100만원 상당의 생필품을 택배로 부쳤는데, 이놈의 택배가 한 달이 지나도 도착하지 않았다. 공항에 택배가 붙잡혀 있는 게 분명하다고 생각한 나는 운전기사가 딸린 차를 빌려 뭄바이 공항으로 향했다. 하지만 택배는 공항에 없었다. 공항 안내인의 말에 따라 공항에서 뭄바이 물류창고로, 다시 뭄바이 우체국으로 종일 뺑뺑이를 돈 끝에, 택배는 처음부터 내가 살던 푸네의 우체국에 있었단 사실을 알게 됐다. 하하, 이런 깜찍한 실수를 하다니. 인도에 제대로 된 택배 시스템이 없을 거라 단정했던 내 편견이 부른 참사였다. 내 탓이었지만, 현타를 맞는 건 막을 수 없었다.

그렇게 인도에 도착한 지 한 달, 나는 한국의 '한' 자만 들어도 눈물이 차오르는 애국자가 됐다. 외국이 아니라 외계 행성에 홀로 떨어진 듯한 기분이었고, 내가 왜 이곳에 온 것인지 더 이상 알 수 없었다. 왜 나는 항상 잘못된 패만 뒤집는지 의문이었다. 원치 않는 전공에 10대를 불살랐고, 대입에는 실패했으며, 실패를 만회해보고자 찾은 나라는 지옥이었다. 또래들이 차근차근 인생의 초석을 쌓고 있을 때, 홀로 허송세월하고 있었다. 그야말로 실패투성이 인생이었다.

이번 생은 망한 것이나 다름없다고 생각하며 인도 대학에 첫 등교를 했다. 당시 학교에 외국인은 나를 포함해 네 명 정도였는데, 그래서인지 그곳에서는 내 존재 자체가 이슈였다. 말만 걸어도 친구가 되는 기적을 그때 처음 경험했다. 친구가 생기자 이해할 수 없는 나라였던 인도는 서서히 내 친구의 나라가 되어갔다. 인도를 이해하기 시작했고, 이해할

수록 애정 또한 커져갔다. 그렇게 전반기와는 전혀 다른 인
도에서의 후반기가 시작됐다.

　인도에서의 생활이 점점 즐거워졌다. 인도인들은 유쾌했
고, 음식은 맛있었다. 원화에 비해 낮은 화폐가치 덕분에, 한
국에서는 감히 누리지 못할 부를 향유할 수 있다는 점 또한

안타깝지만 이번에도 꽝입니다.

인도 생활의 재미 중 하나였다. 또 하나 재미있는 사실은, 인도에서 내가 미녀로 통했다는 것이다. 미스 유니버스에 나가보라는 말을 들었을 정도였다. 하하, 이렇게 영광스러울 데가. 피부가 하얀 걸 좋아하는 인도 사람들의 눈에 내가 미인으로 보였던 것 같다.

사실 여부와 상관없이 나는 그들의 착각이 매우 즐거웠다. 그리고 고마웠다. 바라는 것 없이, 온전히 나를 위하는 인도 친구들의 순수한 호의가 나도 몰랐던 마음의 상처들을 치유해주는 약이 되었기 때문이다.

인도에서의 1년, 나는 많은 친구를 사귀었고 재미있는 추억을 쌓았다. 익숙한 경로에서 벗어난 삶은 나로 하여금 자유로운 사고를 가능하게 했다. 편견과 선입견을 내려놓자 비로소 새로운 세상이 보였다. 내 눈앞에 펼쳐진 신세계를 바라보며 여태 나의 시야가 얼마나 좁았는지 인정할 수밖에 없었다. 내가 아는 건 전부가 아니었고, 옳다고 믿었던 건 내 주관적 견해에 불과했다. 잃으면 큰일 날 것 같았던 것들은 없어도 큰일 나지 않았으며, 견딜 수 없을 것 같던 일들도 막상 겪으면 별일이 아닌 경우가 많았다.

정형화된 틀을 벗어난 곳에서 바라본 내 삶은
그리 잘못되지도 위태롭지도 않았다.
나는 아마도 잘 살아가고 있었다.

스무 살이 되던 해에 인생 첫 실패를 경험했고, 크게 넘어졌다. 그때는 넘어져 생긴 상처가 다만 아플 뿐이었다. 그러나 지금의 난 그때의 아팠던 시간이 암흑기가 아닌 '작전 타임'이었다고 생각한다. 지금껏 너무 맹목적으로 달린 것은 아닌지, 정말 이 방향이 맞는지, 왜 넘어질 수밖에 없었는지. 작전 타임을 가진 덕분에 나를 돌아보고 새로운 작전을 짤 수 있었다.

그리고 이후 경기는 다시 재개됐다. 어쩌면 인생의 우여곡절을 겪을 때마다 울린 건 경기 종료 휘슬이 아니라 작전 타임 휘슬이 아니었을까? 넘어졌다고 경기가 그대로 끝난 적은 한 번도 없었고, 그런 시간들은 언제나 실패가 아닌 변화의 기회가 되었다. 어쩌면 넘어진 것이 다행인 순간들이었다.

한국으로 돌아온 뒤에도 사람들은 여전히 내가 왜 인도로 갔는지 이해하지 못했다. 그들에게 나는 여전히 자기 멋대로 사는 철없는 아이였고, 매번 잘못된 선택을 하는 인간이었다. 하지만 괜찮았다. 내게 필요한 건 타인의 인정이 아니었으니까. 내 인생을 이해해야 하는 건 나였고, 용서해야 하는 것도 결국 나였다. 그렇게 난 먼 길을 돌아오고 나서야 비로소 나의 초년이 실패가 아닌 과정이었다고 말할 수 있게 됐다.

파랑새를 찾아
미국으로 가다

인도에서의 작전 타임을 보낸 후, 나는 다시 원점으로 돌아왔다. 맹목적으로 달리느라 보지 못했던 몸과 마음의 상처도 돌봤겠다, 나는 더 이상 인도로 떠났을 때의 자존감 낮은 내가 아니었다.

가자, 가고 싶은 곳으로!
하자, 하고 싶은 일을!

당시 미국 드라마에 푹 빠져 있던 나는 미국에 가고 싶었다. 아메리칸 드림이라고 했던가. 미국에 가면 나를 행복하게 할 무언가를 찾을 수 있을 것만 같았다.

'그곳에 가면 나의 파랑새를 찾을 수 있지 않을까?'

그렇게 인생의 새로운 목표를 찾겠다는 막연한 바람을 품은 채 이번엔 미국행 비행기 티켓을 끊었다.

도착한 곳은 시애틀 소재의 2년제 커뮤니티 칼리지였다. 누군가는 너무 섣불리 결정한 게 아니냐고 할지 모르겠지만, 사실 이건 모두 큰 그림의 일부였다. 학비가 저렴하고 학점 취득이 쉬운 칼리지에서 학업을 마친 다음, 4년제 주립대학으로 편입할 생각이었다. 더 저렴하게, 더 좋은 교육을 받을 수 있는 방법을 생각해낸 자신이 얼마나 기특했는지 모른다.

계획은 시애틀에 발을 디딘 순간부터 시작됐다. 최종 목표인 워싱턴주립대학 편입을 향해 미친듯이 공부했다. 당시 나는 도서관에서 살다시피 하며 공부 외에는 정말 아무것도 하지 않았다. 미국까지 와서 그 흔한 관광 한 번을 다녀오지 않았고, 친구조차 시험 족보를 구하기 위해 사귈 정도였으니 말 다했지! 내 입으로 말하긴 부끄럽지만, 당시 나는 정말 공부에 진심이었다.

열심히 공부했고 좋은 성적을 받았다. 그런데 참 이상하지? 1년 6개월이 지나도록 평균 A 이상의 학점을 유지했으면서도 나는 별로 신나지 않았다. 오히려 날이 갈수록 기분은 침체될 뿐이었다. 하지만 도통 왜 그런지 알 수가 없었다. 늘 비가 추적추적 내리는 시애틀의 날씨 때문인가? 하지만 우울증은 아닌 거 같은데. 한국이 그립지 않은 걸 보면 향수병도 아니고. 전공을 정하지 못한 탓에 공부가 재미없는 걸까 싶었지만, 언제는 공부가 재미있었던가…? 그때 문득 이런 질문이 머릿속에 떠올랐다.

내가 정말 하고 싶은 게 뭐지?
나는 뭐가 되고 싶은 걸까?

파랑새를 찾으러 미국에 왔고, 미국 생활에도 잘 적응했다. 하지만 공부가 순조로울수록 마음속의 불안은 커져만 갔다. 영어 실력은 날로 늘었지만, 언어를 유창하게 구사한다고 해서 길이 보이는 건 아니었다. 한국어를 잘한다고 한국에서 내 꿈이 이뤄지지 않듯, 미국에서도 영어를 잘한다고 없던 꿈이 생기거나, 저절로 이뤄지는 일은 일어나지 않았다. 난 대체 무엇을 하고 싶은 걸까? 머릿속이 하얗게 비었다. 나는 더 이상 공부의 목적을 찾을 수 없었다.

미국의 대학에도 내가 찾던 파랑새는 없었다. 더는 이 대학에 있을 이유가 없다는 걸 알면서도, 발걸음은 쉬이 떨어지지 않았다. 미련이 남아서라기보다, 어디를 향해야 할지 몰라서. 대체 나의 파랑새는 어디에 가야 찾을 수 있을지 알 수 없었다.

다음 목적지가 어디인지도 몰랐고 이 상황에 대해 부모님에게 이해를 구하기도 난감했다. 대체 뭐라고 말씀드린단 말인가. 이 부족한 자식이 또 한 번 잘못된 선택을 하고 말았다고? 이번에도 역시 판단 미스였다고?

'칼어스CalEarth'라는 곳을 알게 된 건 바로 그 때다. 두드리면 열린다고 했던가? TV에서 칼어스 커뮤니티를 접한 나는 첫눈에 '이거다!' 싶었다. 그곳은 제3세계 사람들을 위해 전쟁 후에 남겨진 잔해들로 집을 짓는 법을 가르치는 캘리포니아 소재의 흙집 커뮤니티였다. 전 세계의 젊은이들이 모여 함께 흙집을 짓는 모습을 보면서 처음으로 가슴이 설렜다.

"멋지다."

맨손으로 맨바닥에서부터 집을 짓는 그들의 어벤져스 같은 모습을 보며, 난 이상한 희열을 느꼈다. 그들이 마치 세상을 구하는 마블의 영웅처럼 보였다. 그리고 나는 생각했다. '나도 그들 중 하나가 되고 싶다.' 그들을 만나면 내 인생도 달라질 것만 같았다.

'기왕 우물 밖 개구리가 된 김에 우물 밖 세계를 탐방해보는 것도 나쁘지 않겠지.' 그길로 나는 캘리포니아행 비행기 티켓을 끊고 커다란 이민 가방에 짐을 쌌다. 당시 홈스테이 아주머니는 돌연 방을 빼겠다는 나를 황당하다는 듯 바라봤다.

"거기 가서 뭘 하려고?"
"뭐라도 하지 않을까요?"

영화의 반전을 감히 상상할 수 없듯, 천막을 들춰 보기 전까지는 그 너머에 무엇이 있는지 알 수 없다. 상상도 짐작도 무의미했다. 천막 너머의 풍경이 내가 그리던 것인지 알고 싶다면 그 너머를 보러 달려 나가는 수밖에! 그렇게 난 캘리포니아로 향했다.

사막에서 내가 배운 것

"환영합니다. 당신은 이곳에 온 최초의 한국인입니다."

졸업을 6개월 남기고 시애틀을 떠나 캘리포니아로 온 이 상한 한국인. 그게 바로 나였다. 목적지는 캘리포니아의 도 시 '헤스페리아'에 위치한 칼어스. 이곳은 이란 태생의 미국 인 건축가이자 작가, 교육자인 네이더 칼릴리가 성인 루미 의 정신을 본받아 설립한 흙집 커뮤니티다. 네이더 칼릴리 는 개발도상국에서 전쟁 혹은 자연재해와 같은 비상 상황을 마주했을 때 견고한 안식처가 되어줄 돔집의 건축법을 고안 했다. 이 돔집은 전쟁터에서 쉽게 구할 수 있는 가시철조망과 흙 포대, 흙과 약간의 시멘트로 만들 수 있다.

내 집 마련을 위해 평생을 바치는 한국인에게 맨손으로 견고한 거주지를 만들 수 있다는 발상은 기이한 해방감을 안겼다. 발목에 채워진 족쇄에, 실은 아무런 구속력이 없었다는 걸 알게 된 기분이랄까?

공항으로 픽업을 나온 사람은 인상이 좋은 50대 백인 남자였다. 총괄 매니저였던 그분의 이름은 잊은 지 오래지만, 조수석에 앉아 칼어스로 향하는 내내 마음이 편했던 것만은 기억한다. 경계심 많은 스물한 살의 동양인 여자아이를 그토록 안심하게 하는 50대 미국인 남성이라니. 그런 분이 매니저로 있는 곳이라면 걱정할 필요가 없다고 생각했다. 그 얼마나 큰 착각이었던지.

마침내 도착한 칼어스는 광활한 사막 위에 설립된 커뮤니티였다. 흙으로 지은 돔집이 즐비했고, 강사들과 전 세계에서 온 학생들이 모여 있었다. 화기애애한 분위기 속에서 모두의 환대를 받자, 마치 고향 집에 돌아온 듯한 기분이 들었다. 사람들은 하하호호 웃으며 내게 음료와 간식을 줬고, 배가 좀 찼을 즈음 커다란 탬퍼가 내 손에 쥐어졌다.

그렇게 현장에 도착한 당일, 나는 탬퍼로 땅을 다지라는 지시를 받았다. 탬퍼는 땅을 평평하게 하거나 단단하게 다질 때 쓰는 도구로, 보통 전동드릴에 부착해서 사용한다. 하지만 내 손에 쥐어진 건 무려 쇠로 만든 수동 탬퍼였다. 이런 가'족' 같은 경우를 봤나. 나 같은 작은 체구의 소녀(?)에게 14키로그램에 육박하는 쇠망치를 휘두르라니. 이게 말이나 되는 소리인가 싶었다. 나는 엄청난 크기의 손잡이가 달린 탬퍼를 든 채, 모래바람이 부는 허허벌판에서 실소했다.

"전 살면서 연필보다 무거운 건 들어본 적 없는데요?"
"그럼 이번에 그 기록을 경신하면 되겠네?"

아, 지당하신 말씀. 쇳덩어리로 수없이 땅을 내리치면서 결의를 다졌다. '그래, 흙집 짓는 법을 배우러 온 주제에 몸을 사려서는 안 된다. 그건 상여자답지 못한 행동이다.' 칼을 뽑았으면 무라도 썰어야 이곳까지 온 스스로에게도 체면이 설 터였다. 그래서 난 탬퍼질을 멈출 수 없었다.

처음 며칠은 수저조차 들 수 없을 정도로 심한 근육통을 앓았다. 인체에 얼마나 많은 근육이 존재하는지 그때 처음 알았다. 근육을 풀 시간조차 주어지지 않았지만, 그 누구도 신경 쓰지 않았다. 노동으로 뭉친 근육은 노동으로 풀면 된다는 것이 현장 강사의 지론이었기 때문이다(그리고 일주일 후 몸의 컨디션이 마법처럼 회복되면서, 강사의 지론은 사실로 밝혀졌다).

노동의 축복엔 끝이 없었다. 수동 탬퍼 작업은 시작에 불과했다. 이곳의 건축 방식은 넘치는 노동력을 기반으로 했다. 값비싼 자재는 없지만 인력은 충분한 제3세계에 적합한 방식이었다. 모든 것이 현지 상황을 기준으로 했기에, 자동화된 도구라고는 시멘트와 흙을 섞는 혼합기뿐이었고, 그 후 반복되는 과정은 모두 수동이었다. 흙더미에서 흙을 삽으로 퍼서 수레에 실어 나르고, 흙을 포대에 넣은 다음, 그것을 돔 형식으로 한 줄씩 쌓으면서 탬퍼로 두드리는 과정을 전부 다 사람의 손으로 해야 했다. 그걸 주 6회, 하루 여덟 시간씩 반복한다고 생각해봐라. 나는 강해지지 않으려야 않을 수 없었다.

이곳에서 만난 다른 교육생들은 세계 각국에서 온 내 또래 청년들이었는데, 그중에서 동양인은 내가 유일했다. 교육생 중 가장 어렸고, 체구도 가장 작았다. 하지만 난 그들보다 작을지언정 전투력이 떨어지진 않았다. 강한 자만이 살아남는 대한민국의 고등학교를 거쳐, 쓰라린 실패를 맛보고 인도까지 다녀온 나는 '산독기' 그 자체였기 때문이다. 독기 빼면 시체였던 나는 언제나 그들과 같은 강도의 노동을 하며 뒤처지지 않으려 노력했다.

참 기묘한 경험이었다. 또래 청년들과 힘을 합쳐서 일하다 보면 몇 주 만에 커다란 돔집이 뚝딱 지어졌다. 처음에는 고된 노동으로 아침에 몸을 일으키는 것 자체가 고역이었지만, 나중에는 하루 종일 흙을 날라도 지치지 않았다. 나는 어느새 전 세계에서 온 청년들과 함께 같은 커뮤니티의 구성원이 되어 있었고, 매일 내 몫만큼의 노동을 해내고 있었다. 공구를 다루고, 건축을 배우고, 힘쓰는 일을 하면서 점차 알게 됐다.

'아무것도 할 줄 몰랐던 내가 눈앞의 문제를 직접 해결하고 손으로 뭔가를 만들어내고 있다니. 아, 나는 생각보다 강한 사람이구나. 무엇이든 할 수 있는 사람이구나.'

4개월 후, 저질 체력이었던 나는 혼자 수레에 흙을 가득 싣고 돌아다닐 정도의 강철 체력이 되었다. 첫날 공항으로 나를 데리러 왔던 강사는 완성된 돔집 위에 올라가 탬퍼로 벽을 다지는 나를 보면서 졸업식을 보는 것 같다며 감격에 겨워했다. 가시같이 마른 애가 이렇게까지 성장한 것이 믿기지 않는다나. 그를 따라 웃었다. 자신의 성장이 스스로도 믿기지 않았기 때문이다.

"연필보다 무거운 걸 들어본 적이 없어서 내가 이렇게 힘이 센지 몰랐지 뭐예요."

저녁에는 모닥불 곁에 둘러앉아 대화를 나누고 노래도 하면서 달구경을 했다. 강사와 학생 중에 히피들도 있었기 때문에 자연과 동물은 언제나 대화의 주된 주제였다. 어둠이 내린 사막의 고요함, 간간히 들려오는 새소리와 스치는 바람소리. 모닥불을 쬐면서 우리는 웃었다. 그들과 함께 있으면 지구상 모든 것이 특별해지는 듯한 기분이었다. 하늘에 뜬 달도, 타닥타닥 조용히 타는 모닥불도, 그곳에 앉아 있는 나 역시. 그곳에 가지 않았다면, 그들을 겪어보지 않았다면 끝내 몰랐을 감각들이다.

4개월간의 교육을 끝내고 한국으로 돌아오는 비행기 안에서 부모님께 그간의 일을 어떻게 설명해야 할지 고민했다. 어째서 대학을 중퇴하고 히피들이 운영하는 흙집 커뮤니티로 떠날 수밖에 없었는지, 왜 탈선을 하고 말았는지에 대해. 난 지금까지도 그에 대한 타당한 이유를 말하지 못한다. 그저 그때는 그럴 수밖에 없었고, 다시 돌아간다고 해도 같은 선택을 하리라는 얘기밖에는.

때로는 세상의 상식과 맞지 않는 일이
인생을 정상 궤도로 돌려놓기도 한다.

그래서 매번 길을 잃고 헤매면서도 새로운 길을 택하게 되는지도 모르겠다. 그런 자식을 뒤에서 지켜보는 부모님 마음을 어찌 헤아릴 수 있으랴. 항상 묵묵히 응원해주시는 부모님께 이 자리를 빌어 사과와 감사의 말을 전하고 싶다.

"속 터지는 자식이라 죄송합니다. 덕분에 저는 좋은 어른이 되어가고 있는 것 같습니다. 사랑합니다."

정원 공사 잔혹사

이곳에 처음 이사 왔을 때, 너른 잔디밭과 화단, 군데군데 나 있는 토끼풀과 세잎클로버를 보면서 나는 그저 아름다운 정원을 즐길 생각뿐이었다. 미처 몰랐던 건 정원은 철저히 관리됐을 때만 아름답다는 사실이었다. 손수 가꿔야 하는 땅은 그저 예쁘지만은 않다. 잠시 한눈이라도 팔면 토끼풀 같은 잡초들이 잔디밭을 온통 집어삼켜 버린다. 귀여운 외모에, 그렇지 못한 번식력. 정원은 참, 손이 많이 간다.

이렇듯 이곳은 내가 노력한 만큼 변화한다. 처음 시골로 왔을 땐, 그런 당연한 이치가 생소하게만 느껴졌다. 부모님 집에서 대가 없이 누리던 편안함과 사회에서 돈을 주고 사던 서비스에 익숙해져 있어서인지도 모르겠다.

정원과 함께한 첫 여름은 정말 대단했다. 난 잡초라는 이름의 귀여운 얼굴을 한 괴물들과 계절 내내 싸웠다. 그들은 손길이 닿지 않으면 엄청난 속도로 증식해 정원을 통째로 집어삼켰고, 비가 오자 엎친 데 덮친 격으로 정원 한가운데 웅덩이까지 생기고 말았다. 그러자 정원 한편에 심긴 꽃과 나무들이 죽어가기 시작했다. 결국, 계절의 끝에 난 굳게 결심했다.

"정원을 뒤집어엎자!"

우리 집 정원의 가장 큰 문제는 바로 '배수'였다. 여름 소나기가 내릴 때마다 정원 한가운데 웅덩이가 형성되는 것으로 보아, 처음 집을 지을 때 토목 공사가 제대로 이뤄지지 않은 것 같았다. 이 말인즉 마당의 흙을 다 퍼내어 유공관을 깔고 새로 배수 공사를 해야 한다는 뜻이었다. 약 100만 번의 삽질이 필요한 일이었다. 그래서 고민 끝에 굴삭기를 부르기로 마음먹었다. 그것이 잔혹한 정원 공사의 서막인 줄은 꿈에도 모른 채….

공사 스케일이 걷잡을 수 없이 커지고 있었지만 두렵지 않았다. 굴삭기만 있으면 몇 주가 걸릴 일을 하루 만에 끝낼 수 있는 데다, 내게는 공사 당일 무급으로 동원할 수 있는 이웃도 있었다. 자신 있게 굴삭기를 예약했고, 공사를 마친 뒤 정원에 덮을 흙 25톤도 야무지게 주문을 마쳤다. 그리고 대망의 공사 날, 나를 낳아준 무급 인력은 일이 생겼다며 바람처럼 서울로 올라가버렸다.

"엄마가 너처럼 백수가 아니라 미안하다…! 파이팅!"

이런, 배신자! 정신 줄이 날아갈 것 같았지만 이제 와서 공사를 무를 수는 없었다. 굴삭기 대여료도 만만치 않았기 때문에 돈을 더 주고 일꾼을 부를 수도 없었다. 이렇게 된 이상 나 혼자 뛰는 수밖에 없었다. 굴삭기는 기사님이 운전하니 나는 그저 보조만 하면 되겠거니 생각했다. 하지만 막상 일이 시작되자 삽질하느라 허리 펼 틈이 없었다. 굴삭기가 파고 지나간 고랑을 손수 정리해야 했기 때문이다. 이러다 쓰러지는 건 아닐까 싶었지만 다른 선택권이 없었다. 한번 시작한 이상 끝까지 가는 수밖에.

공사의 순서는 이러했다. 먼저 정원의 잔디를 모두 걷어낸다. 그 후 정원에 고랑을 판 다음, 유공관을 심고, 흙을 다시 덮고, 준비한 흙을 깔면 끝이었다. 고랑을 파고 흙을 옮기는 힘겨운 작업은 굴삭기가 대신해줬지만, 안타깝게도 유공관을 심는 건 사람의 손으로 해야 하는 일이었다. 하는 수 없이 고랑으로 들어가 삽으로 벽을 고르고 바닥의 수평을 맞추면서 유공관을 깔았다.

얼마나 시간이 지났을까. 이놈의 공사도 끝이 보인다고 생각하면서 마지막 고랑을 파는 순간, 굴삭기가 수도관을 건드리고 말았다. 거대한 쇠 바가지의 공격에 수도관은 작살이 났고, 우리 집은 물이 끊겼다. 내가 이 짓을 왜 시작했는지 회의가 몰려왔으나, 여기까지 와서 그만둘 수도 없는 노릇이었다. 죽어도 'Go'다.

수도관을 수리하고 유공관 작업을 마친 건, 그로부터 몇 시간 뒤였다. 혼이 빠져나갈 정도로 지친 상태였지만 파헤쳐진 정원을 그대로 방치할 순 없었다. 곧바로 준비된 흙을 깔기 시작했다. 그런데 흙이 모자랐다. 정말이지, 무엇 하나 예상대로 흘러가는 것이 없었다. 엄마의 탈주부터 수도관 파손, 흙 부족 사태까지…. 믿기 힘든 현실에 눈물이 앞을 가렸지만, 별수 있나. 여기까지 왔으니 끝장을 봐야지.

잔디에 붙은 흙까지 탈탈 털어서 모자란 부분을 메웠다. 잔디 뗏장은 보통 하나에 5킬로그램이 넘는다. 어깨가 빠질 것처럼 아팠지만, 정원의 수평을 맞추기 위해서는 반드시 필요한 작업이었다. 그렇게 모든 일을 끝마치고 굴삭기를 반납했다. 저녁 8시가 훌쩍 지난 시각이었다.

예상대로 흘러가는 것이 하나도 없던 하루였다. 하지만

백문불여일견, 100번 듣는 것보다 직접 해보는 것이 낫다는 옛말처럼 세상에는 직접 경험해야만 내 것이 되는 지혜들이 있다.

오늘 알게 된 건, 굴삭기가 있어도 땅은 여전히 사람의 손길을 필요로 하며, 아름다운 정원을 위해선 그만큼 많은 노력을 기울여야 한다는 것. 그저 주어지는 건 없고, 정성을 쏟지 않으면 그 어떤 것도 현상 유지조차 어렵다는 것이다. 경험해보지 않았으면 몰랐을, 단순하지만 당연한 세상의 이치들을 난 이곳에서 다시금 배워가고 있다.

그러니까 한 번 더!

　우리 집은 대지가 300평이다. 이 넓은 땅은 여름이 되면 전부 잡초로 뒤덮인다. 세상에 쓸모없는 잡초는 없다지만, 여름의 잡초를 보면 그 소리가 쏙 들어갈 거다. 매년 여름마다 잡초와 싸워서 이길 자신이 없었던 나는, 죽는 날까지 최대한 손이 안 가는 정원을 만들기 위한 특수 작전을 세웠다.

　사실 가장 쉬운 방법은 시멘트를 붓는 것이다. 그러나 정원을 온통 시멘트로 발라버린다면 아스팔트로 뒤덮인 도시와 다를 게 없지 않은가. 풀 한 포기 없는 정원을 만들 생각이었다면 굳이 시골까지 내려와 전원생활을 시작할 이유도 없었을 거다.

그래서 난 시멘트 대신 예쁜 벽돌을 주문했다. 벽돌은 사람이 내릴 수 없기 때문에 지게차를 따로 대여해야 한다. 벽돌 값에 지게차 대여비까지…. 큰맘 먹고 시켰기 때문인지 지게차에 잔뜩 실린 벽돌이 금괴로 보였다. 집에 벽돌 길이 놓일 생각을 하니 상상만 해도 기분이 좋았다. 그때까지만 해도 나는 모르고 있었던 것이다. 벽돌 길은 스스로 만들어지는 게 아니란 걸.

벽돌 길 작업은 땅의 수평을 맞추는 것으로 시작된다. 울퉁불퉁한 땅 위에 벽돌을 놓으면 벽돌 길도 울퉁불퉁해지기 때문에, 먼저 고운 흙으로 땅을 덮은 다음 수평을 맞추는 작업을 해야 한다. 그래서 수평을 맞춰줄 마사토를 주문했다. 마사토는 굵은 모래가 섞인 흙으로, 땅의 수평을 맞추기도 쉽고, 물도 잘 빠지기 때문에 벽돌 길의 기초를 닦는 데 안성맞춤이다.

곧 마사토 25톤을 실은 화물트럭이 도착해 마당 한편에 거대한 흙더미를 쏟아놓고 떠났다. 산처럼 쌓인 마사토가 요정가루처럼 정원 곳곳으로 날아가 스르륵 깔린다면 좋겠지만, 당연히 그런 일은 일어나지 않는다. 직접 흙을 수레에 담아 마당 곳곳으로 나르기 시작했다.

이 일의 고된 정도를 말하자면, 젓가락으로 10킬로그램에 달하는 콩을 하나하나 그릇에 옮겨 담는 듯한 기분이랄까? 흙은 콩과 달리 엄청나게 무겁지만 말이다. 흙더미에 올라 삽으로 흙을 퍼서 수레에 담다 보면, 팔이며 등이며 허리며 아프지 않은 곳이 없다. 그러나 이런 아픔에는 얼른 적응하는 편이 낫다. 밥을 푸는 만큼 흙도 자주 푸는 게 시골의 일상인데, 삽질에 익숙해지지 않으면 본인만 고달파진다.

마침내 수평 맞추기를 끝내고 정원을 가로지르는 벽돌길을 만들려고 보니, 벽돌의 양이 어마어마했다. 게다가 무겁기는 좀 무겁고? 하지만 이미 벽돌 값과 지게차 대여로 출혈이 큰 마당에 인력까지 고용할 수는 없었다. 결국 가난한

시골 노동자는 손수 벽돌을 날랐다. 계속 벽돌을 이고 지고 나르다 보면 삭신이 쑤시고 머릿속이 하얘진다. 문득 자기 신세가 처량하게 느껴지기 시작하면, 이것이 1년 치 운동의 대신이라고 스스로를 세뇌하면 된다. 어차피 운동으로 오는 근육통과 증상이 크게 다르지도 않으므로….

가지런히 놓인 벽돌을 망치질해가며 수평을 맞추다 보면 어느새 예쁜 벽돌 길이 완성된다. 셀프 작업 치고는 상당히 깔끔한 모양새에 뿌듯함을 감출 수 없었다. 감격에 겨워 나의 작품을 내려다보다가 불현듯 깨달았다. 벽돌 아래 비닐을 까는 걸 깜빡했단 사실을…. 아뿔싸!

벽돌 아래에 비닐을 깔지 않으면 잡초는 금세 그 틈을 비집고 나올 것이다. 잡초와의 전쟁을 끝내려고 마당 전체를 뒤집어엎었건만, 이러면 도로 나무아미타불이었다. 뼈아픈 실책에 내 뺨이라도 내려치고 싶은 심정이었다. 그러나 좌절하지 않는다. 실수를 했으면 그냥 처음부터 다시 하면 되지.

한 번 해본 거 두 번 못할 이유가 없다.
그러니까 망설이지 말고 리플레이.

어렸을 때 난 레고 놀이를 좋아했다. 무언가 만들다가 마음에 안 들면 전부 부쉈다가 다시 만들기를 반복했다. 그땐 레고 놀이 자체가 좋았는데, 나이를 먹자 그 과정이 점차 지루해졌다. 여러 번 부수고 다시 만드는 대신, 한 번에 완벽한 결과물을 만들고 싶었다. 반복적인 과정은 시간 낭비로 여겨졌고, 일곱 번 넘어져도 일곱 번 일어나는 건 개구리 왕눈이 같은 놈이나 하는 짓이라고 생각했다. 그래서 어른이 된 나는 뭐든 완벽하게 성공이 보장된 일이 아니면 하지 않았다.

예를 들면, 성공할 가능성이 불투명한 일에는 일부러 최선을 다하지 않았다. 자신 없는 과목은 꾸준히 공부하기보다 시험 전날 벼락치기를 하는 식으로. 이러면 시험을 망쳐도 내가 부족해서 망친 게 아니라, 내가 공부를 열심히 하지 않아서 망친 셈이 되니까. 나는 이 알량한 '정신 승리'를 내 완벽주의 성향 때문이라고 여겼다. 어떤 심리학자가 말하는 것을 듣기도 했고, 그렇게 해석하는 편이 훨씬 멋있었으니까! 내가 부족해서가 아니라 내가 열심히 하지 않아서, 내가 진심이 아니었기 때문에 실패한 일은 나를 상처 낼 수 없었다.

"잘 안됐지만 어쩔 수 없지. 어차피 별로 중요한 일도 아니었는걸."

영양가 없는 생각이라 해도 당장의 자존심을 채우는 덴 충분했다. 그렇게 난 오래도록, 내 자존심을 지키기 위해 노력하지 않는 편을 택했다.

그랬던 내가 이곳에서 조금씩 변화하고 있다. 실수하면 다시 만회하면 되고, 실패하면 다시 도전하면 된다는 걸, 그편이 넘어질까 두려워 한 발자국도 움직이지 않는 것보다 백번 낫다는 걸 깨달았다.

중요한 건 인생이 과정이라는 걸 이해하는 것이다. 갓난아기도 첫걸음을 내딛기 위해 수없이 넘어지고 일어나길 반복하는데, 어른의 사정이라고 다를 리 없다. 일곱 번 넘어졌다 일곱 번 일어나면 그만큼 앞으로 나아가는 것이 인생이다.

달리든 걷든 구르든 넘어지든
제자리걸음만은 하지 않는 것.
이 역시 인생을 잘 사는 방법이 아닐까?

돈 안 되는 일을
사랑한다는 것

"역시 애는 날 닮아 천재가 틀림없어."

세상에 태어난 지 2년차, 나는 〈개똥벌레〉 〈사랑으로〉
〈세상은 요지경〉 등 50곡이 넘는 옛 히트곡 메들리를 어른
들 앞에서 뽐내며 종종 천재 소리를 들었다. 엄마의 말에 따
르면 어릴적 나는 참 다재다능했다고 한다. 그중에서도 미
술에서 유난히 소질을 보였다. 매일 화판을 메고 다니며 언
제 어디서나 그림을 그렸고, 그렇게 네 살이 된 천재는 뛰어
다니는 캥거루의 형태와 무게중심 등을 정확히 묘사하기에
이르렀다. 요즘 같았으면 〈영재 발굴단〉이나 〈순간포착 세

상에 이런일이〉 같은 프로그램에서 출연 제의를 받지 않았을까? 당시 엄마는 본인 이름 대신 '타네 엄마'로 불렸고, 나는 다만 전설이었다.

나는 이 찬사받는 삶이 계속될 줄 알았다. 그러나 나이를 먹자 상황은 급격히 달라졌다. 모두의 응원을 받는 데 익숙해진 지 오래건만, 교복을 입는 나이가 되자 일제히 내게 냉정한 평가의 잣대를 들이대기 시작했다. 아무거나 하면서 시간을 낭비할 수 없는 시기가 와버린 것이다. 내가 잘하던 것들, 칭찬받던 것들, 좋아하던 것들은 진로와 연결되지 않으면 더 이상 응원받지 못했다.

"이거 대입에 도움 되니? 나중에 밥 벌어먹고 살 수는 있고?"

경제적 효용을 검증하는 것이 일상이 되면서, 고작 열네 살 남짓한 나이에 벌써 집중해야 할 일과 포기해야 하는 일들이 생겨나고 있었다.

나에게 있어 그림이 전자인지 후자인지 계속 고민했다. 당시 나는 아버지의 해외 근무로 벨기에의 국제중학교에 다니고 있었고, 그렇게 고민이 되면 한번 제대로 배워보라는 엄마의 제안에 난생처음으로 미술 학원의 문을 두드리게 됐다. 내가 찾은 시골 학원에는 말이 통하지 않는 외국인 선생님과 외국인 아이 대여섯 명이 앉아 있었다. 그리고 난 그 학원에서 운명적인 만남을 갖게 된다. 진짜 천재를 만난 것이다.

그 아이의 얼굴도 이름도 잊은 지 오래지만, 딱 하나 기억나는 것이 있다. 그 아이가 파스텔로 그린 늑대 그림. 그것을 보고 어찌나 충격을 받았던지. 그건 아이의 그림이라고는 믿을 수 없는 수준이었다. 그 아이의 그림에 모두가 감탄하는 걸 보면서 생각했다.

'여기서도 최고일 수 없는데, 저 넓은 세상에선 오죽할까?'

오만방자한 사춘기였다. 이길 수 없는 게임은 하지 않는다는 명언을 남긴 채, 그길로 나는 그림을 포기했다.

그렇게 그림 따위는 잊은 채 어른이 됐다. 미술 대신 선택한 음악을 하느라 바빴고, 한국에서 인도로, 또 미국으로 바쁘게 이동하며 사는 동안 그림은 한 장도 그리지 않았다. 그림 세계에 발을 들일 생각은 단 한 번도 하지 않았다는 거다. 그러던 스물여섯 살의 어느 날, 작업실을 같이 쓰던 언니가 내게 문득 물었다.

"내가 다니는 작가 모임에서 이번에 수강생을 새로 뽑는대. 지원서 내보지 않을래?"

그 모임은 저명한 일러스트레이터 선생님이 무료로 운영하는 일종의 전문가 과정 클래스였다. 수업료가 무료인 데다, 선생님이 일러스트계에 한 획을 그은 거장이라니! 10년 넘게 그림을 쉬었음에도, 혹시나 하는 마음에 현역 작가들의 틈바구니에 끼어 그림 몇 장과 함께 지원서를 제출했다.

실상 로또 당첨을 바라는 마음이나 다름없었다. 그런데 이 무슨 운명의 장난인가! 선생님이 내 부족한 그림을 1차

합격시켜 준 것이다. 뒤이어 2차 면접을 봤고, 신기하게도 난 좁은 확률을 뚫고 수업의 일원으로 발탁됐다. 이런 걸 두고 '운명'이라고 하는 걸까?

처음엔 바쁜 일정 탓에 적극적으로 참여하지 못했지만, 그곳에서 만난 팀원들과 선생님이 좋아 꾸준히 참석했다. 그렇게 가랑비에 옷이 젖듯이 그림이 손에 익어가기 시작했다. 다시 그림이 좋아졌고, 무엇보다 재미있었다. 그러면서 그림에 미련이 남아 있었다는 걸 깨달았다. 10년 전에 꺼져 버린 줄 알았던 열정의 불씨가 되살아난 것이다.

내 일상에서 그림이 차지하는 비중이 점점 커져갔다. 그림에 집중하는 시간이 늘어나자 그림 실력에도 점점 탄력이 붙었다. 그림 그리는 걸 업으로 삼고 싶다는 생각이 들기 시작한 것도 이즈음이다. 일을 구해보고자 그림판 이곳저곳을 기웃거렸고, 그런 나를 보는 사람들의 반응은 시큰둥했다.

"철학이랑 영어영문학을 전공했는데 웬 그림? 좋아하는

일은 취미로만 해야지 업으로 삼으면 안 돼."

하지만 애초에 남의 말을 잘 듣지 않는 나에게 그들의 충고가 귀에 들어올 리 없었다. 남들이 뭐라고 하든 난 계속해서 그림판을 얼쩡거렸다. 그렇게 모두의 반대에도 불구하고 작가로 데뷔했다는 결말이었다면 좋겠지만… 현실은 예상보다 훨씬 더 냉정했다. 세상에는 나보다 재능도 많은데 열정도 있고, 노력까지 하는 사람들이 셀 수 없이 많았다. 그림으로 먹고살기 위해서는 경쟁을 피할 수 없었고, 이 바닥에서 나는 먼지보다 못한 존재감을 갖고 있었다. 초조했다. 어떻게든 이 엄청난 격차를 메울 방법을 찾아야 했다.

그래서 나는 또 한 번 비행기 티켓을 끊었다. 영국으로 향하는 비행기에서 나는 이것이 내 인생의 해답이 되어주리라고 굳게 믿었다. 유학만 다녀오면 그림을 전공한 이들과의 차이도 좁혀지고 실력도 향상될 것이라 되뇌이며….

하지만 세상에 예상대로 흘러가는 일이 어디 흔한가? 야심차게 떠난 영국 유학은 성패만 두고 보자면, 실패에 가까웠다. 난 만화 속 주인공처럼 엄청난 멘토를 만나지도 못했고, 각성을 하지도, 천재성을 재발견하지도 못했다. 무엇보다 유학을 다녀오기 전과 후의 내 그림엔 별반 차이가 없었다. 다만 그곳에서 내가 깨달은 게 있다면 딱 하나. 큰물에서 노는 이들은 모두 넘치는 자신감의 소유자들이란 사실이다. (근데 이제 그 자신감의 근거라곤 하나도 없는…!)

그들은 부족한 실력으로도 꾸준히 뭔가를 만들었다. 남들이 뭐라고 하든 본인이 좋아하는 걸 그렸다. 남들과 자신을 비교하지도 않았고, 남들의 인정을 좇지도 않았으며, 무엇인가가 되려고 하지도 않았다. 그들은 그저 자신의 세계에서 자신의 작품을 하고 있었다. 나에 비해 그들의 현실이 더 나은 것도 아니었다. 그들 역시 여러 걱정, 불안을 안고 있었고 경제적인 압박에 시달렸다. 그들과 나의 차이라면, 그들은 다만 자신이 할 수 있는 일을 한다는 것. 그리고 자신이 어찌하지 못하는 부분에 대해서는 걱정하지 않는다는 것이었다. 그것이 그들과 나의 차이였고, 나에겐 시작조차 어려운 일을 그들이 겁먹지 않고 꾸준히 할 수 있는 이유였다. 그래서 나도 그들처럼, 할 수 있는 것을 하기로 했다.

좋아하는 그림을 그리는 것.
그것으로 되는 일이었다.

때로 좋아하는 일을 직업으로 삼으면 행복하지 않냐는 질문을 받는다. 하지만 놀랍게도 좋아하는 일을 직업으로 택한 사람들은 생각보다 자주 슬럼프에 빠진다. 그건 아마 우리가 위만 바라보는 데 익숙해졌기 때문일 것이다. 내가 우물 안 개구리라고 느낄 때, 세상은 넓고 천재는 많다고 느낄 때, 내가 먼저 나를 평가하기 시작할 때 좋아하는 일은 두렵고 어려운 일이 되어버린다. 그래서 나는 자신이 하찮고 초라하게 느껴질 때마다 이 사실을 기억하려고 노력한다. 세상은 1퍼센트의 특별한 사람들과 99퍼센트의 평범한 사람들로 이뤄져 있다는 걸. 1퍼센트의 사람들이 세상이 갈 방향을 정한다면, 그 방향으로 세상을 움직이는 건 99퍼센트의 사람들이라고.

우린 꼭 무엇인가가 되지 않아도,
주인공이 되지 않아도 충분히 의미 있는
존재일 수 있다.

완벽하거나 특별하거나 독보적이지 않아도 괜찮다. 그저
나만의 세계에서 나만의 일을 하며 나만의 속도로 성장하면
된다. 그러다 보면 분명 인생의 끝에는 어딘가 도달해 있지
않을까? 먼저 인생을 살아낸 세상의 다른 모든 이들처럼 말
이다.

3부

가 보지 않은 길은
알 수 없으니까

생애 첫 농사,
잘될 턱이 있나

시골에 내려온 지 1년이 지날 무렵, 텃밭 농사꾼이 되기로 결심했다. 시골에 살면서 자급자족의 꿈을 이루지 못한다면 그걸 어찌 진정한 시골살이라 할 수 있겠는가! 사실 난 농사에 완전한 문외한이었다. 농작물이 흙에서 자란다는 사실 외에는 아는 것이 없었다. 천정부지로 오른 파 값에 파테크가 한창 유행했을 때도 화분 하나 들일 생각조차 없던 내가 귀촌을 하고 100평 남짓한 텃밭과 온실을 갖게 되다니…. 사실 시행착오는 예정된 것이나 다름없었다.

귀촌한 첫해에는 신고식을 하듯 파와 케일, 상추와 같이 익숙한 채소들을 유리 온실에 심었다. 실력 없는 풋내기 농사꾼의 손길 아래서도 온실 속 채소들은 무럭무럭 잘 자라났다. '첫 시도 치고는 나쁘지 않은데?' 그렇게 내심 뿌듯해하던 것도 찰나, 나의 첫 채소들은 곧 벌레들에게 처참히 습격당했다. 며칠 전까지만 해도 쌩쌩하던 잎들이 돌연 벌레로 뒤덮이기 시작하자 나는 당황하지 않을 수 없었다.

영양분이 부족해서 그런가 싶어 거름을 많이 줬더니, 이번에는 독한 거름에 중독되어 누렇게 말라비틀어지는 게 아닌가…! 결국 제대로 된 수확 한 번 해보지 못한 채, 첫해 농사는 어이없이 공치고 말았다.

그렇게 한 해가 지나고 농사 도전 2회 차. 올해는 뭔가 달라도 달랐다. 시골 물도 좀 들었겠다, 한 번의 실패도 겪었겠다, 유튜브로 공부까지 마쳤으니 마음만은 이미 부농의 그것이었다. 자신감을 갖고 온실과 마당 한편을 텃밭으로 활용해보기로 했다. 나는 초보 농사꾼으로서의 재기를 꿈꾸고 있었다. 어떤 재앙이 기다리고 있는지는 상상도 하지 못한 채….

사실 농사는 어렵지 않다. 하지만 그건 본인이 타고난 농사꾼이라서가 아니라 선배 농사꾼들이 세월을 통해 차곡차곡 적립해온 노하우 덕분이다. 초보 농사꾼은 선배들의 발자취를 잘 따라가기만 하면 그만이다.

선배들이 만들어놓은 농사 키트에서 가장 놀라운 아이템 중 하나는 '비닐'이었다. 그저 흙을 덮어둔 덮개 혹은 이곳이 밭이라고 알려주는 표식인 줄만 알았던 비닐은, 알고 보니 스태미나를 무한대로 늘려주는 게임 속 마법의 물약 같은 것이었다. 땅에 고랑을 내고, 비닐을 덮고, 그 비닐에 구멍을 내고 모종을 심는다. 그리고 물만 조금 주면, 모종은 그 비닐 안에 맺힌 물로 알아서 자란다. 심어만 놓으면 알아서 열매를 맺는다니! 이런 가성비 좋은 일을 생전 해본 적이 있던가? 이러한 방식으로 토마토, 가지, 샐러리, 고추, 파프리카, 피망, 양배추, 브로콜리 등의 모종을 심었다.

비닐 다음으로 나의 심금을 울린 아이템은 '농사용 스테이플러'였다. 고추, 토마토, 파프리카처럼 줄기가 약한 농작

물은 자라면서 쓰러지지 않도록 기둥을 세워 끈으로 묶어주는 작업이 필요한데, 이 작업을 한 번에 해내는 물건이 바로 농사용 스테이플러다. 테이프와 스테이플러 심이 함께 들어 있어 한 번만 찍어도 줄이 깔끔하게 묶인다. 만 원밖에 하지 않는 기계가 이렇게 신통할 수가…. 손으로 줄을 묶었다면 몇 시간이 걸렸을 일을, 단 몇 분 만에 해치울 수 있었다. 농촌의 기술 발전이 가져온 편리함에 감탄하지 않을 수 없었다.

그러나 인생은 새옹지마라지. 금세 일을 마치고 집으로 돌아갈 준비를 끝낸 뒤에야 나는 스테이플러가 모조리 거꾸로 찍혀 있다는 걸 알게 됐다. 아무래도 심을 갈아 끼울 때 방향을 거꾸로 넣은 모양이었다. 이러면 바람이 조금만 세게 불어도 줄이 풀려버리고 만다…. 이놈의 스테이플러는 심을 거꾸로 넣었으면 안 찍혀야지 왜 무리 없이 찍히고 난리인지 모르겠다. 일을 몇 분 만에 끝마쳤다고 좋아했는데, 사실 몇 분 만에 일을 그르치고 있었던 거다….

심을 다시 찍어야 했지만, 그냥 바람에 날려서 줄이 풀릴 때까지 기다리기로 했다. 다시 하기엔 스테이플러 심과 테이프가 너무 아까웠으므로…. 이렇게 내 텃밭의 절반이 조금 엉성한 모습으로 마무리됐다.

밭의 절반에는 농작물을 심었지만, 아직 내게는 나머지 절반의 밭이 남아 있었다. 남은 텃밭의 상태는 처참했다. 메마르고 단단한 굳은 진흙 같은 이 땅에 무엇인가 심으려면 곡괭이로 흙덩이를 부숴가며 땅을 골라야 했다. 하지만 엄두가 나지 않았다. 곡괭이질은 정말 욕 나오게 힘들기 때문이다. 곡괭이로 텃밭을 고르다가 내가 먼저 가루가 되는 수가 있다. 나는 깊은 고민에 빠졌다. 문명의 이기에 다시 올라탈 것인가, 끝까지 사람의 힘으로 밀어붙일 것인가…. 나는 당연히 기계의 힘을 빌리는 편을 택했다. 문명의 이기를 잘 활용하는 것이 현대인의 도리니까.

난 구굴기를 주문했다. 밭을 가는 나이프와 쟁기가 달려 딱딱한 땅을 뒤집고 고랑을 만들어주는 이 기계는 척박한 땅을 농사짓기 좋게 만들어주는 기계다. 모델마다 기능과

용도가 천차만별이라 난 우리 집 텃밭을 관리하는 데 적합한 소형관리기를 주문했다. 인터넷에서 저렴하게 구입한 조립식 모델이었는데 사용설명서가 너무 부실한 탓에 내가 알아서 부품을 끼워 맞출 수밖에 없었다.

사용 중에 공중분해될지도 모른다는 생각이 들었지만, 그건 그때 가서 생각하면 될 일이었다. 조립을 마친 뒤에 엔진오일과 휘발유를 넣으면 준비 완료.

'부르릉, 우웅~'

잔뜩 기대를 한 채 시동을 걸었으나, 관리기는 움직이지 않았다. 몇 번을 다시 시도해봐도 시동이 걸리지 않았다. 업체에 전화를 걸어 물어보니, 문제는 엔진오일이었다. 개미 오줌만큼 넣어도 되는 엔진오일을 500밀리리터나 들이부어 버린 것이다. 어쩐지 관리기가 엔진오일을 넣는 족족 토해내더라니….

결국 새로 산 관리기는 개시해보기도 전에 고장이 나 고물상에 맡겨졌다. 새 기계를 수리해야 한다는 사실에 속이 쓰렸지만 어쩌겠나. 이 또한 초보 농사꾼의 시행착오려니 하는 수밖에.

다음 날, 수리를 마친 관리기를 다시 밭에 내놨다. 이제는 땅을 가는 일만 남았다. 소를 몰듯 관리기를 여유롭게 몰아보고 싶었는데, 이번에도 나의 바람은 이뤄지지 않았다. 관리기는 생각보다 무거웠고, 미친 소처럼 날뛰었다. 손잡이를 밀면 앞으로 질주했고, 밀지 않으면 땅을 파고들어 갔으며, 힘으로 컨트롤하지 않으면 똑바로 나아가질 않았다.

내 몸뚱이 좀 아껴보겠다며 농기계를 구입했건만, 몸을 갈아 넣지 않으면 기계가 제대로 작동하지 않는다니…. 애초의 기대와는 다른 방향으로 흘러가고 있다는 생각이 들었지만, 돌이키기엔 이미 너무 멀리 와 있었다. 난 40만 원 상당의 구굴기를 이미 샀고, 새 기계를 고쳐 쓴 탓에 환불은 불가능했다. 죽으나 사나 사용하는 수밖에. 그렇게 죽을 똥 싸면서 밭을 갈아낸 기계는, 제 몫을 다하자마자 곧장 창고에 처박혔다.

우여곡절 끝에 완성된 밭을 바라보고 있으려니 어쩐지 눈가가 촉촉해졌다. 황폐했던 땅은 무엇이든 심을 수 있는 토양으로 다시 태어나 있었다. 소중한 밭에 두둑을 만들고 비닐을 깐 다음 모종을 심었다. 이 밭의 주력 상품은 옥수수와 고구마였다. 일이 고되긴 했지만, 몇 개월 뒤엔 고구마를 혼자서 5천 개 정도 먹을 수 있다는 사실에 가슴이 뭉클했다.

난생처음 시도해본 농사는 정말 묘했다. 땅을 파고 비닐을 깔고 모종을 심으면 그뿐, 결실을 맺기 위해 죽을힘을 다해 매달릴 필요가 없었다. 약간의 애정으로도, 때로는 그저 지켜보는 것만으로도, 비할 수 없이 많은 걸 돌려받는다. 세상에 이토록 일방적인 관계가 또 있을까? 게다가 이 기울어진 관계의 수혜자는 늘 나다. 내가 쫓지 않아도, 진을 빼지 않아도 자연은 언제나 대가 없이 베푼다. 그래서 모두들 자연을 어머니에 비유하는 모양이지. 농사를 지으며 살아가는 이곳의 생활은 몸은 바쁘지만 마음만은 느긋하다.

세상살이에 바빠 자연에 무심했던 나는
자연으로 돌아오고 나서야
비로소 제 속도를 찾아가고 있다.

아, 참! 모종을 심은 지 2주 만에 고구마는 다 말라 죽고
말았다. 고구마 재벌이 될 수 있을 줄 알았는데… 고구마 거
지가 됐다. 나는 시골에서도 부자가 되긴 그른 것 같다.

달콤한 자본주의의 유혹

몇 달 전 문자 메시지 한 통을 받았다.

"김 사장입니다. 우리 회사 팀장 자리가 비었는데, 와주실
수 있을까요?"

눈을 씻고 다시 봐도 이건 분명히 '스카우트' 문자였다.
몇 달 전까지 함께 일했던 고용주가 난데없이 메시지를 보
낸 것이다. 부와 명예를 뒤로하고 시골로 온 나에게 돌연 스
카우트 제안이라니. 누군가 나를 필요로 한다는 사실이 정
말 감사했지만 그곳은 내가 이미 떠나온 곳이고, 나는 이미

스스로 주인이 되는 길을 걷고 있었다. 그러니까 되돌아가기엔 너무 멀리 와버린 셈이다.

"제안은 감사합니다만 돌아가기는 어려울 것 같습니다."
정중하게 거절하자 사장님은 매우 아쉬워했다.
"혹시 연봉이 아쉬운 거라면 이 정도 금액은 어떠세요?"

'마음은 감사합니다만, 저는 더 이상 돈으로 움직일 수 있는 사람이 아닙니다!' 이렇게 단호하게 대답할 요량으로 문자의 내용을 마저 읽었다. 어라, 내가 잘못 봤나? 문자에 적힌 숫자를 다시 한번 확인했다. 그렇게 몇 번을 일의 자리부터 다시 헤아렸고, 내 눈이 잘못된 게 아니란 걸 확인하자마자 고개를 들어 곁에 앉아 있던 동생에게 말했다.

"나 다시 취직할까…"

이 정도 연봉이면 자본주의의 유혹이 아니라 축복이라고 불러도 될 것 같았다. 생각이 거기까지 미치자, 갑자기 지난 과거가 미화되기 시작했다. 사장님 밑에 있던 시기가 유난히 등 따시고 배불렀던 것 같기도 하고…. 악착같이 일하던 나날도 지금 생각해보면 썩 나쁘지 않았던 것 같다. 게다가 사장님은 타인에 대한 배려가 몸에 배어 있어 함께 일하기 수월한 분이었다. 그래, 이렇게 넓은 아량을 가진 분이 또 어디 있다고. 이별마저 아름다웠던 걸 보면 그의 충실한 노동자로 돌아가는 건 정말 나쁘지 않은 선택 같았다.

'아, 그러면 지금의 생활은 잠시 포기해야 하나? 시골집은 부모님께 맡겨두고 다시 도시로 돌아가겠지?'

시골집과 삶에 그만한 정성을 들였음에도 불구하고, 나는 뿌리째 흔들리고 있었다. 손바닥 뒤집듯이 태도를 바꾸게 만드는 그 이름, 돈이여. 부끄럽지만 나는 자본주의의 노예가 맞다.

지인들은 날 보며 참 줏대 있게 산다고들 한다. 반 정도는 맞는 얘기다. 난 한번 결심하면 꿋꿋이 밀고 나가는 힘도 있고, 결국 끝까지 해내는 독기도 있다. 하지만 이런 나조차 꺾어버리는 강적이 있으니, 그게 바로 돈이다.

자본주의 세상으로부터 세뇌당했다고 말하면 체면은 차릴 수 있겠지만, 솔직히 난 어릴 적부터 돈이 좋았다. 누가 가르쳐준 것도 아닌데 늘 개미처럼 돈을 모으던 내가, 엄마는 신기했더란다. 그도 그럴 것이 다른 친구들이 세뱃돈을 받아 간식이나 장난감을 사며 흥청망청 돈을 쓸 때, 나는 늘 꼬박꼬박 저금을 했다. 조금씩 불어나는 통장 잔고를 볼 때면 어찌나 흐뭇하던지. 특별할 것 없는 일상 속 나의 파라다이스는 몰디브가 아니라 통장 잔고였다.

하지만 돈이 정말 의미 있어지는 건, 모아둔 돈을 필요한 순간에 딱 꺼내 쓸 때였다. 나는 그게 돈의 참맛이라고 생각했다. 이를테면 초등학교 저학년 시절, 엄마의 생신에 '심부름 쿠폰'을 준비하던 또래 친구들과는 다르게 나는 무려 8만 원에 달하는 포도 모양 크리스털 브로치를 선물했다(당시 감동이 컸는지 엄마는 지금도 이 얘기를 꺼내곤 한다). 소중한 사람들에게 뭔가를 해주고 싶을 때, 고민 없이 쓸 수 있는 돈이 있다는 건 상상 이상으로 기분이 좋은 일이었다. 그렇게 돈은 나를 효녀로, 또 좋은 친구로 만들어줬다.

그러니까 돈은 나에게 '곶감 상자' 같은 거였다. 입이 궁금할 때마다 하나씩 꺼내 먹는 것만으로도 하루가 좀 더 즐거워지는 그런 곶감 상자. 나도 먹고, 소중한 이들에게 나눠주고, 기분이 내킬 때는 모르는 사람에게 선물도 해보고. 그 단맛을 한 번 맛본 뒤로는 상자가 비지 않도록 늘 주의를 기울였다. 하나가 비면 얼른 하나를 더 채워 넣어야 마음이 놓였다. 그러다 보니 슬슬 욕심이 생겼다.

'이렇게 맛있는데 많으면 많을수록 좋지 않을까?
돈이란 것이 훨씬 더 많았으면 좋겠다….'

세상에 나와 보니 돈의 위력은 생각보다 더 대단했다. 그것이 행복이든 미래든, 돈으로는 뭐든지 살 수 있는 것 같았다. 그동안 돈의 중요성을 충분히 인지하고 있다고 생각했는데 아니었다. 젠장! 나는 돈에 훨씬 더 진심일 필요가 있었다.

'더 빨리 더 많이 벌고 싶다.' 그래서 나는 돈을 벌기 위해 가장 빠르면서도 쉽고 단순한 길을 찾았다. 바로 세상에서 제일 싼 나의 노동력을 무식하게 갈아 넣는 거다. 체력도 열정도 시간도 몽땅 넣고 갈다보면 부자는 못 돼도 평균 이상의 부를 축적할 수 있지 않을까?

그리하여 나는 20대 후반을 온통 돈 버는 데 썼다. 목표한 바가 있으면 끝까지 밀고 나가는 독기 넘치는 성격은 여기서도 한몫을 했다. 24시간 중 18시간을 일하며, 남는 시간에는 주식과 가상화폐에 손을 댔다. 그렇게 내 통장 잔액은 상당한 규모를 갖추게 됐고, 조금만 더 그렇게 일했다면 나는 정말 부자가 됐을지도 모른다.

그러나 모든 것에는 대가가 따르는 법. 언제부터인가 내몸 여기저기가 아프기 시작했다. 사소한 일에도 화가 났고, 하루에도 몇 번씩 기분이 오락가락했다. 이게 무슨 일일까?

나는 어느새 불행한 인간이 되어 있었다. 나의 작은 안식처였던 통장 잔고도 더 이상 위안이 되지 못했다. 그 액수가 얼마가 됐든 '아직 이것밖에 없어?'라는 생각밖에 들지 않았으니까.

그러고 보니 이건 전부 돈을 벌다가 생긴 일이었다. 하기야 공짜가 없는 세상에서, 하물며 돈에 대가가 없을 리가. 나는 돈을 벌기 위해 인생을 헌납한 값을 치르고 있었다. 돈이 내 삶을 잡아먹고 있었다. 애초에 나는 왜 곶감 상자를 채우려고 했던 걸까? 왜 그걸 위해 허리가 휘도록 일했던 걸까? 달콤한 곶감 상자가 빈 상자가 되지 않도록 노력했지만, 결국엔 누가 무엇을 위해 존재하는지 알 수 없어졌다. 주객전도였다. 그렇게 주도권을 잃어버린 인생을 원상태로 돌리기 위해 나는 온 것이었다. 이곳 시골로.

우리는 모두 알고 있다. 인생은 한 치 앞도 내다볼 수 없고, 우리에게 주어진 건 지금 이 순간뿐이라는 걸. 그걸 알면서도 우리는 늘 자신의 생이 영원할 것처럼 산다. 내일의 행복 같은 건, 누구도 보장받을 수 없음에도.

　　그래서 나는 지금을 살기로 마음먹고 도시를 떠났다. 바로 지금, 가장 행복한 방식으로 최선을 다해 사는 것보다 인생을 잘 사는 법은 없다고 생각했기 때문이다. 이건 긴 시간을 허비하고 나서야 깨달은 사실이었다. 그럼에도 불구하고 나는 똑같은 짓을 반복하려 하고 있었다. 누가 망각의 동물 아니랄까 봐. 인간의 기억이란 참 믿을 것이 못 된다.

　　결국 나는 스카우트 제의를 거절했다. 인생을 살다 보니, 그때는 맞던 것이 지금은 틀리기도 하다. 나 역시 한때는 내 모든 것을 걸 만큼 돈이 중요했지만, 이제 그보다는 나와 내 삶이 더 우선이라는 것을 안다. 내게 중요한 건 이제 돈이 아닌 주체적이면서 자유로운 삶, 아쉬울지언정 후회 없는 삶이다. 그것이 세상에서 정해주는 성공의 궤도에서 조금 벗어난다 하더라도 말이다.

　　나만의 길을 간다는 건 참 어려운 일이다. 모두가 그건 아니라고 하니까, 잘못됐다고 말하니까. 어느 날 문득 기존의 궤도에 더 이상 속하고 싶지 않다고 느낀대도 그런 말들은 계속 가슴속에 남는다. 꿈꾸는 삶을 살려고 할 때마다 신발 안의 작은 돌멩이가 되어, 날 불편하게 하고 발걸음을 쉬이 옮기지 못하게 한다. 나 또한 그 순간에 놓일 때마다 고민했다. 하지만 결국엔 늘 신발을 벗어 돌멩이를 털어내는 쪽을 택했던 것 같다.

아픈 것도, 흔들리는 것도 당연하다. 강하지 않아도 괜찮다. 어려운 순간을 직면할 때마다, 우리는 그저 마음속 작은 돌멩이를 털어내고 자신의 길을 가면 그뿐인 것이다. 충분히 강하지 않아도, 충분히 행복하게 살 수 있도록 우리의 인생은 설계되어 있다. 나는 그 사실을 매일 시골에서 확인받고 있다.

30대, 한창 혼자가 될 나이

　오랜만에 결혼식에 다녀왔다. 네 살 어린 사촌동생의 결혼식이다. 양가 자녀 중 최고령자인 내가 네 살 어린 사촌 동생의 결혼식에 하객으로 참석한다…? 사실 부끄러움 따위는 없었다. 세상을 뜨는 데 순서 없듯, 결혼에도 위아래는 없다. 오히려 충격이었던 건 어린 동생의 결혼보다는 신부 대기실로 끊임없이 이어지는 하객들의 행렬이었다. 대부분 부모님 지인이겠거니 했는데, 놀랍게도 그들은 거의 다 신부의 친구들이었다. 한 사람에게 이렇게 많은 친구가 존재할 수 있다니. 신부가 참 잘 살았다는 생각과 함께 독고다이로 살아가는 나의 인생을 되돌아보지 않을 수 없었다. 부를 하객이 없으니 이래서야 결혼은 어렵겠는걸? 물론 결혼하고 싶은 상대의 존재 여부는 앞으로도 미지수지만. 아무튼.

그렇다. 30대인 난, 친구가 없다. 어쩌다 보니 외톨이다. 어렸을 땐 친구들과 무리 지어 다니는 걸 좋아했고 나름대로 베스트 프렌드도 여럿 있었지만, 이젠 모두 과거의 일이다. 지금의 나는 좋게 말하면 '아싸', 솔직히 말하면 '찐따'다. 하지만 솔직히 별다른 위기감은 없다. 나이를 먹을수록 인간관계가 협소해지는 건 나만이 아니기 때문이다.

나이를 먹을수록 친구 관계를 유지하는 게 어려워진다. 서른을 넘겨보니 진정한 친구가 한두 명이라도 있는 사람들이 대단하게 느껴진다. 성인들의 인간관계가 바다라면, 학생들의 그것은 웅덩이 정도 되려나. 좁은 웅덩이에 삼삼오오 모인 올챙이들은 공통분모가 많았다. 서로의 미니홈피를 방문하며 우정을 쌓고, 듣는 음악도, 좋아하는 드라마도, 입시 걱정도 같았기 때문에 종일 수다를 떨어도 대화거리가 끊이질 않았다. 함께 있다는 것만으로 친구가 될 수 있던 시절, 우리는 서로의 차이보다는 공통점을 더 중요하게 여겼다.

그때는 이 친구들이 영원할 거라고 생각했다. 영화나 드라마에 나오는 진한 우정이 현실에서도 가능하다고 믿었다. 그러나 고등학교를 졸업하고 인도로, 미국으로, 다시 서울로, 또 영국으로 정신없이 이동하는 삶을 살면서 나는 자연스레 알게 됐다.

인생은 길고 사람은 변한다는 걸.

어른이 되고 각자의 세상이 넓어질수록 학창시절 공유하던 공통점들은 점점 사라졌다. 같은 공부를 지속하거나 같은 직종에 종사하지 않는 이상 우리는 서로의 일상을 알 수 없었다. 게다가 결혼까지 해버리면? 미혼자인 나는 기혼자인 친구들과 나눌 수 있는 얘기가 별로 없었다. 걔들은 자기 애들 얘기가 제일 재미있는데, 나는 아직도 내가 우리 집의 아기다. 그리고 난 여전히 내가 노는 얘기가 제일 재미있다.

그래, 우리의 입장은 달라도 너무 달랐다. 나는 결혼한 이들의 고민에 100퍼센트 공감하기 힘들고, 반대로 기혼인 친구들은 미혼인 내 고민을 사치스럽게 여긴다. 걔들은 그럴 거면 결혼하라고만 하고 나는 그럴 거면 왜 결혼했냐고만 한다. 그렇게 우리의 대화는 영원히 접점을 찾을 수 없는 평행선을 그린다.

'미혼인 친구들과 얘기하면 되잖아!' 라고 생각할 수 있겠지만, 그렇다고 미혼인 친구들과 말이 잘 통하는 것도 아니다. 직업도, 지인도, 생활 방식도 달라진 우리는 고등학교 시절과 달리 공통된 대화의 소재가 부족하다. 그림을 그리는 내 직업적 고충을 친구는 이해하지 못하고, 친구를 힘들게 하는 지인에 대해 나는 알지 못한다.

그러니 서로의 고민을 들어주는 시간이 고역일 수밖에. 때때로 그것은 억지로 들어야 하는 수업마냥 고문이 따로 없다. 중간에 졸 수도 없고, 딴청을 피울 수도 없고…. 열심히 맞장구를 치면서도 한편으로 '이제 그만 죽여줘…'라고 애원

하는 것을 멈출 수 없다.

이렇듯 어른이 되어 관계를 유지하는 데는 시간과 노력이 필요하다. '내 귀중한 시간을 할애할 만한 사람인가?' 생각하다 보면 머릿속 계산기가 요란해졌다. 그래서 내게 인간관계는 늘 골치 아픈 문제였다. 도무지 풀고 싶지 않은. 나이를 먹으며 사회성을 습득하긴 했지만, 타고나기를 내향적인 나는 사람을 만나면 항상 기가 쪽 빨리는 기분이었다. 공감은 피상적이었고, 인간관계에 잔잔히 깔려 있는 우월감과 열등감, 존중과 배려 없는 태도가 못내 힘겨웠다. 그것은 마치 부슬비와 같았다. 가끔 맞으면 괜찮지만, 자주 맞다 보면 골병이 들기 마련이다.

하지만 별수 있나?
인간관계라는 게 원래 그런걸.

몸을 적시는 부슬비가 싫으면 비가 오지 않는 곳으로 몸을 피하면 된다. 그게 내게는 시골이었다. 가끔 마주치는 동

네 어르신들과 나누는 가벼운 목례, 딱 그 정도의 관계 안에서 내 마음은 다시 보송보송해졌다. 그러다 보면 또 문득 자연스레 사람이 그리워졌다. 그럴 땐 주저 않고 도시로 돌아가 사람들과 어울린다. 오랜만에 부슬비를 맞으며 마음을 적신다. 간만에 맞는 부슬비는 낭만적이기까지 하다. '그래, 인간은 참 재미있어'라고 생각하며 간만에 자극적인 대화를 나누다 보면, 얼마 남지 않은 인맥에 감사함도 갖게 된다. 그래도 역시 마지막엔 집이 그리워지지만.

'아, 너무 무리했다. 얼른 시골집으로 돌아가야지.'
어떤 낭만은 가끔 겪는 걸로 족하다.

평생 함께할 만한 이는 드물다. 우리는 모두 조금씩 이상하고 유별나니까. 나 또한 예외가 아니다. 모두가 누군가의 부슬비인 상대성의 세계에서 진짜 말이 안 통하는 놈이 누군지, 또 진짜 이상한 놈이 누구인지 따지는 게 무슨 소용일까. 사람들이 모나게 보인다면, 그건 내 시선이 모났기 때문일 수도 있다. 사람을 만나는 게 점점 불편해지고 있다면, 그건 되레 내가 불편한 사람이 되어가고 있다는 뜻일지도 모른다.

제멋대로 생긴 퍼즐들 사이에서 무엇이 올바른 모양새인지 재고 따지는 건 무의미하다. 어느 정도는 마음을 내려놓고, 서로의 다름을 인정하고 받아들이는 수밖에. 모두와 어울릴 수 있었던 단순하고 순수한 어린 시절처럼. 그러면 최소한 조화로운 삶은 가능하지 않을까? 가까이 다가오는 이들에게 친구는 아니더라도 친절한 사람은 되어줄 수 있을 것이다. 어차피 혼자 와서 혼자 가는 인생, 이 정도면 충분히 괜찮은 목표가 아닐까 싶다.

이렇게 나이를 먹는다

언제부터인가 나이를 세지 않는다. 내 나이를 물어오는 사람이 더 이상 없기도 하고, 원래 나이를 별로 신경 쓰지 않는 편이다. 나이가 어리든 많든, 결국 중요한 건 사람의 외면이 아닌 내면이라는 걸 모르지 않기 때문이다. 상대가 어떤 사람인지를 알아보는 데 나이는 판단 기준이 될 수 없었다.

그래서인지 나이를 세는 건 내게는 의미 없는 일이었고, 상대가 연장자이든 어린아이든 나의 태도는 늘 한결같았다. 할머니들과 스스럼없이 친구처럼 얘기하며 농 따먹기를 하듯, 어린 동생들을 동년배들처럼 대했다. 말이 통하지 않는 해외에서 살아본 경험 때문인지, 진심을 담아서 얘기하면 나이와 국적에 상관없이 대화가 잘 통한다는 것을 알고 있었다. 어른이라고 부담스러워할 필요도, 아이라고 무시할 까닭도 없다. '손에 손 잡고 벽을 넘어서! 우리는 모두 친구다!' 이런 마인드를 가진 나에게 있어 나이는 정말 숫자에 불과했다.

그런데 나이를 잊고 살다 보니 한 가지 문제가 생겼다. 정신과 신체 나이 사이에 인지부조화가 온 것이다. 나는 나이를 잊은 채 살고 있는데, 육체는 자꾸만 늙어갔다. 내 몸도 나이 들어가고 있다는 걸 일깨워주는 건 늘 주변 사람들이었다.

"요즘 너무 피곤해 보인다. 무슨 힘든 일 있니?"

30대에 접어들자 사람들은 자주 내게 피곤하냐고 물었다. 실제로 피곤할 때도 있었지만 컨디션이 최상일 때도 그들은 같은 질문을 했다. 얼마나 그 소리를 많이 들었는지 나중에는 피곤하냐는 말만 들어도 주먹을 날리고 싶어졌다. 공들여 화장한 날에도 같은 말을 듣는 지경에 이르고 나서야 피곤한 얼굴이 내 기본 상태가 되었다는 것을 알았다. 얼마 전까지만 해도 멀쩡했건만, 하루아침에 세월의 풍파를 맞아버린 기분이었다. 일이 이쯤 되자, 내 건강 상태나 안위를 묻는 이들에게 더 이상 분노할 수 없었다. 그들도 나만큼이나 내 노화가 낯설었던 것일 테니….

그리고 나이를 계속 먹으면서 알게 된 건, 노화가 더 이상 안색의 문제만이 아니라는 사실이다. 내 육신은 정말로 약해지기 시작했다. 방년 스물아홉, 난 이 뼈아픈 사실을 깨닫고 말았다. 아무리 아홉수에는 안 좋은 일이 일어난다지만, 나는 그런 건 미신에 불과하다며 콧방귀를 뀌곤 했다. 누가 알았을까. 스물아홉 살을 넘어가면서 내가 정말 병치레를 하게 될 줄이야. 정말이지 귀신이 곡할 노릇이었다.

그러나 사실 내가 아홉수에 겪은 시련은 초자연적인 현상보다는 인과응보에 가까웠다. 서른에 가까워지자 30년 넘게 이어온 좋지 않은 습관들이 부메랑이 되어 돌아온 것이다. 그간 홀대받던 나의 육신은 너도 한번 당해보라는 듯 보복을 시작했다.

몇 년 동안 컴퓨터 앞에 앉아 종일 일하길 반복하다 보니, 엉덩이에 말썽이 생겼다. 하반신의 혈액순환이 원활하지 않았던 것이다. 그렇게 내 엉덩이, 그러니까 그중에서도 말하기 민망한 부위에 농양이 생기고 말았다. 처음에는 병원 방문이 꺼려졌지만, 점차 통증이 심해지자 수치심을 따질 때가 아니었다. 제 발로 병원을 찾아가 지금 당장 수술을 해달라고 간청했을 정도였으니, 얼마나 큰 고통이었을지는 모두의 상상에 맡기도록 하겠다. 그렇게 찾아간 병원에서 의사 선생님은 말했다.

"아, 어쩌죠? 지금 마취과 선생님들이 다 퇴근하셔서 오늘은 더 이상 전신마취가 불가합니다. 부분 마취는 가능한데요, 시술 중에 마취가 풀릴 수 있어요. 부분 마취 주사도 너무 많이 맞으면 안 되는 거라서요. 마취가 풀려도 참을 수 있으시겠어요?”

오싹했다. 그럼에도 불구하고 내일 다시 오겠다는 말은 나오지 않았다. 생살을 태우는 고통을 겪을지언정 한시라도 빨리 농양을 엉덩이에서 떼어내고 싶었다. 그래서 난 부분 마취로 수술하기로 결심했다.

차가운 수술대에 엎드렸고 첫 번째 마취 후, 오징어 타는 냄새와 함께 엉덩이 농양이 제거되기 시작했다. 드디어 이 악귀 같은 놈으로부터 해방될 생각에 설렌 것도 잠시, 엉덩이에서 엄청난 고통이 몰려왔다. 마취가 풀린 것이다. 수술이 시작된 지 10분이 경과된 시점이었다. 부분 마취가 풀릴 수 있다는 경고를 미리 받긴 했지만, 이건 일러도 너무 일렀다. 당장 두 번째 마취 주사를 맞고 싶었지만 그게 가능해야 말이지…. 초반부터 마취주사 용량을 전부 소모해버리면 남은 수술시간을 견딜 요량이 없었다. 그러니 어쩌겠어. 이 악물고 참는 수밖에.

사극에서 인두로 지져지는 고문을 받는 죄수마냥, 나는 이를 꽉 깨물고 생살을 태우는 고통을 견뎠다. 간호사가 이렇게 잘 참는 사람은 처음 봤다고 했던 걸 보면, 아무래도 농양 덕분에 지금껏 몰랐던 재능을 찾은 것 같았다. 만약 정보 기관에서 일하다가 적국에 붙잡혀도 내가 국가 기밀을 누설할 일은 없을 것이다.

딱 세 번의 부분 마취만으로 눈물의 수술을 마쳤다. 그리고 내 엉덩이에는 수저로 살을 푹 뜬 것 같은 구멍이 남았다. 살이 완전히 차오르기까지 무려 한 달이 걸렸으나, 상처 부위가 아프지 않다는 사실만으로도 나는 세상을 얻은 기분이었다. 이놈의 농양과 다시는 조우하지 않으리라고 어찌나 처절한 결심을 했던지.

그러나 하늘도 무심하시지. 내 결심은 지켜지지 않았다. 얼마 후 농양은 또 재발했고, 재수술을 하고 난 뒤에도 그것은 악령처럼 또 다시 내 뒤꽁무니를 따라붙었다. 결국 2주간 한의원에서 침과 한약으로 치료한 끝에 간신히 완치할 수 있었다.

호되게 고생을 한 다음부터 내 몸은 아주 민감해졌다. 밤 샘 작업은 고사하고 장시간 앉아 있는 것조차 쉽지 않다. 음식도 가려 먹고, 운동도 열심히 해야 한다. 몸매를 위해서가 아니라 목숨을 부지하기 위해서다. 그렇지 않으면 내 몸이 나를 용서치 않는다.

난 이렇게 세월의 풍파를 맞았다. 그것도 아주 세게. '라 떼는 말이야' 하며 옛날이야기를 입에 달고 사는 어르신들을 이제는 이해한다. 지나간 청춘은 늘 찬란하다. 하지만 아무리 흘러가는 세월이 서글프다 해도, 다시 시간을 되돌리고 싶은 생각은 없다.

살아낸 시간만큼의 배움은
결코 거저 얻어지는 것이 아니기 때문이다.

지금의 나는 예전보다 삶의 우선순위가 확실하다. 나이

가 들수록 사용 가능한 에너지가 점점 적어지다 보니 쓸데 없는 짓은 차츰 그만두고 중요한 일에 집중하게 됐다. 에너지를 우선순위에 따라 필요한 곳에 집중하자 그만큼 인생이 정갈해지고 성취감도 커졌다. 필요한 곳에 에너지를 적절히 분배하는 기술이 생겼다고나 할까.

어른이 되고 나서는 편식도 줄었다. 예전에는 맛이 없어서 먹지 않았던 가지, 버섯, 브로콜리 같은 야채들이 좋아졌다. 허약해진 몸이 새로운 영양소를 찾기 시작하며 일어난 현상이겠지만, 덕분에 나는 더 이상 편식하는 어린아이가 아닌 음식을 골고루 먹는 어른이 됐다.

그리고 무엇보다 세상 사는 지혜가 조금은 생긴 것 같다. 중고나라 거래를 하다가 사기를 당하던 과거의 나는 이제 없다. 어른이 된 뒤로는 좀 더 꼼꼼해졌고, 공과 사는 확실히 구분한다. 쉽게 뒤통수를 맞지도 않는다. 물론 진짜 사기꾼들을 피할 길은 없을 테지만, 괜찮다. 지혜가 늘었다고 세상의 모든 고난을 피해갈 수 있는 건 아니니까. 나는 이렇게 늘어가는 나이를 양분 삼아 무럭무럭 잘 자라고 있다.

그러니 기왕 먹는 나이 맛있게 먹자!
배불리 먹으면 언젠가는 전부
나의 피와 살이 되어 있겠지.

사랑한다면 후회 없이

몇 년 전, 한 영화가 개봉했다. 그 느와르 영화는 관객 수 90만 명 정도를 기록하며 딱히 큰 성공을 거두지는 못했지만, 다른 의미에서 영화사에 괄목할 만한 성과를 남겼다. 대개 남성들에게 사랑받는 느와르 영화가 20~30대 여성을 주축으로 한 팬덤을 형성한 것이다. 그들은 영화의 상영관이 점차 줄어들자 남아 있는 관에서 소위 말하는 'N차 관람'을 하고, 영화관을 직접 대관하는 등 주도적으로 영화를 소비하기 시작했다. 심지어 실제 관람은 하지 않으면서 좌석표만 구매해 매표율을 올리는 '영혼 보내기'까지 일삼았다. 그리고 나는 그 영광스런 팬덤의 일원이었다.

나는 이런 무용한 사랑에 그 누구보다 진심이다. 좋아하는 것은 끝까지 파고들어야 직성이 풀린다. 이 영화도 처음에는 합법적인 루트를 통해 영화를 수차례 시청하는 수준이었다. 하지만 곧 그것만으로는 만족하지 못하고, 다른 팬들과 영화를 나노 단위로 해석하는 것은 물론, 더 나아가 영화의 출연진과 제작진에 관심을 갖기 시작했다. 그중에서도 한 주연 배우에게 나는 완전히 매료되고 말았다. 그의 놀라운 끈기, 노력, 그리고 천재성! 내가 게으른 범재였던 탓일까, 나는 이 배우가 가진 모든 것을 사랑하지 않을 수 없었다.

그에게 꽂힌 순간부터 그의 발자취를 남김없이 쫓기 시작했다. 출연 작품과 관련 영상을 전부 섭렵한 다음, 값을 지불하고 그의 영화를 다운로드했다. 새로운 작품이 나오면 무조건 영화관으로 달려갔고, 영화 홍보를 위한 무대인사를 하면 여력이 되는 만큼 참석했다. 그가 참석하는 행사의 피 터지는 티켓팅에 매번 뛰어들었음은 물론이다. 그렇게 몇 년간 덕질을 했다. 그리고 현재, '휴덕은 있어도 탈덕은 없다'는 업계의 명언에 따라 열정이 다소 식은 지금도 그 배우의 신작이 나오면 극장 관람을 하고 컴퓨터로 한 번 더 구매한다. 그 영화가 수작이냐 아니냐는 중요하지 않다. 내가 그렇게 하는 건 단순히 그의 팬으로서, 그의 영화가 성공하길 바라는 마음에서다.

누군가는 그게 무슨 부질없는 짓이냐고 할지도 모른다. 생판 남에게 감정이입하며 대리 만족 할 시간에 자기계발에 힘쓰는 편이 훨씬 유익하겠다 말하겠지. 하지만 그건 뭘 모르는 소리다. 내게 이것은 불가항력이다. 끝장을 봐야 속이 시원해지는 이 극단적인 마니아 성향은 학습되는 것이 아니라 타고나는 것이기 때문이다. 이런 고집이 긍정적으로 발현된 아이들은 훌륭한 예술가나 학자, 장인으로 성장하겠지만, 아쉽게도 나는 (가장 쓸데없고 어디에도 내세울 수 없는 것에 필요 이상으로 푹 빠지는) 오타쿠가 됐다.

그런 성향이 처음 발현된 건 초등학교 6학년 무렵이었다. 일상이 딱히 지루한 건 아니었지만, 놀이터에서 뛰노는 것만으로는 무언가 아쉬웠던 내 눈에 띈 건 바로 코넌 도일의『셜록 홈즈』였다.『셜록 홈즈』를 처음 읽는 순간, 두 눈이 번쩍 뜨이는 기분이었다. '이거다!' 싶었다. 일상의 무료함과 권태로움을 지워줄, 나라가 허락한 유일한 마약. 발자국 하나만 봐도 발자국 주인의 키와 몸무게, 평소의 습관도 모자라 신발의 브랜드와 제작 년도까지 맞혀버리는 셜록 홈즈의 초인간적인 관찰력과 추리력, 그리고 오늘날 구글에 비견할 기억력은, 내 우상 그 자체였으며 워너비였다. 슈퍼맨에 몰입해 그를 흉내 내는 아이들처럼, 그 시절 나는 셜록 홈즈가 되고 싶었다.

나는 속수무책으로『셜록 홈즈』에 빠져들었다. 책을 읽느라 매일 날밤을 새는 걸 눈치챈 부모님이 내 폭주를 저지해보려 했지만 소용없었다. 불을 끄고 잠든 척하다가 부모님이 방으로 들어가면 다시 불을 켜고 열독하기 일쑤였다. 감성보다 이성이 발달한 열세 살의 내게 추리소설은 가장 자극적인 콘텐츠였다.

학교 도서관과 시립 도서관에서 찾을 수 있는 단편집들

171

을 전부 읽고 난 뒤에는, 도서관에 비치돼 있지 않은 나머지 단편집을 인터넷으로 찾았다. 천리안을 사용하던 그때 그 시절, 일주일간의 사투 끝에 〈포켓몬스터〉 게임을 다운받은 경험을 떠올리며, 모뎀이 삐삐 소리를 내는 거실에서 『셜록 홈즈』 단편을 발굴해냈고, 이내 전 시리즈를 독파했다. 더 이상 읽을 책은 없었다. 그러나 나는 아직 목말랐다.

소설 속 셜록 홈즈는 왓슨과 행복하게 살아가겠지만 그 것만으로는 만족할 수 없었다. 그들이 내가 보는 앞에서 행 복하길 바랐다. 코넌 도일의 소설 속 셜록 홈즈 이야기가 끝 나버렸다는 것을 인정할 수 없었던 나는, 끝내 다른 작가가 쓴 『셜록 홈즈』에 손을 대고 말았다. 코넌 도일과 동시대에 살았던 모리스 르블랑의 『괴도 루팡』 시리즈에 셜록 홈즈가 등장한다는 정보를 어디선가 접한 것이다. 도둑이 등장하는 소설에 탐정 셜록 홈즈의 등장이라…. 자신의 소설에 셜록 홈즈를 이용하려는 작가의 의도는 불 보듯 뻔했으나, 당시 나는 어리고 순진한 열세 살의 독자였다.

괴도 루팡과의 싸움에서 어처구니없이 패배하는 셜록 홈
즈를 목도한 나는 끝내 무너지고 말았다. 나의 영웅, 나의 우
상이 이리도 허무하게 짓밟히다니. 광팬의 심장에는 회복할

흔한 과몰입의 현장

수 없는 상처가 남았고, 그것이 마지막이었다. 우상을 잃어버린 나는 더 이상 셜록 홈즈 소설을 읽지 않았다.

그렇게 인생 첫 탈덕을 했다. 하지만 그것이 마지막 덕질은 아니었다. 부모님을 따라 잠시 해외에서 국제중학교를 다녔던 시절에는 영어 한마디 못하는 유학생의 외로움을 『해리포터』와 각종 소년 만화로 달랬고, 고등학교에 진학했을 때는 미국 드라마를 보면서 새로운 환경에 적응했다. 애정의 대상은 늘 달랐지만, 그들은 모두 한결같이 내 일상을 빛내주었다.

무언가를 최선을 다해 좋아하는 마음은
현실을 버티는 원동력이 되기도 한다.

한때는 『셜록 홈즈』였고, 그다음엔 『해리포터』, 그리고 『슬램덩크』였다. 그런 애정의 대상들 덕분에 나는 그때 그 시절 어렵고 힘겨운 시간을 견뎌낼 수 있었다. 까마득하게만 느껴지는 내일을 또 한 번 살아낼 열정을 얻었다.

살다 보면 누구에게나 인생의 정체기가 찾아오기 마련이다. 그럴 때 누군가는 방황을 하고, 누군가는 자기계발을 하며, 누군가는 취미 활동을 하고 누군가는 덕질을 한다. 이런 시기에 좀 더 생산적인 일을 하면 어떠냐고 할지 모르지만, 나는 때로 아무짝에도 쓸모없는 짓이 하고 싶다. 인생은 길고, 언제 변곡점이 찾아올지 모르니까. 마냥 딴짓도 해보고, 개인적인 성취와는 아무런 상관없는 걸 사랑해보기도 하는 거다. 쉬어가는 구간에 자신의 삶에서 한발 떨어져보는 것도 괜찮지 않은가? 인생 뭐 있어? 성급한 사람의 것이나 느긋한 사람의 것이나 인생은 죄 똑같은 속도로 흘러가기 마련인데, 매 순간 똥줄 빠져라 열심히 살 필요는 없다.

가끔 뒤도 돌아보고, 거울도 한 번 들여다보고,
유치한 사랑도 해보자.
그러다 보면 진짜 내 열정을 불태울,
진정한 사랑이 찾아올지도 모를 테니까.

수년간의 덕질로 유사 사랑을 경험해봤으니 진짜 사랑의

대상이 나타난다면 이번에는 정말로 잘해낼 자신이 있다. 연습을 많이 한 사람이 실전에도 능한 법이다. 그날이 오면 또 한 번 기꺼이 온몸을 불살라야지.

너는 풀만 먹고 사니?

고기를 먹지 않는다. 그렇다고 풀만 먹지도 않는다. 정제 밀가루나 튀김 요리, 가공식품 같은 비건 불량 식품도 엄청나게 먹는다. 순수자연식의 경지에 오른 프루테리언(과일만 섭취하는 채식주의), 로푸드주의자(가열하지 않은 생채소만을 섭취하는 채식주의)에 비하면 형편없는 불량 비건이지만, 그럼에도 불구하고 내가 채식을 한다고 하면 사람들은 기겁하며 묻는다.

"왜…?"

이 질문은 예나 지금이나 여전하다. 처음 채식을 시작한 건 채식이라는 개념조차 희미하던 시절이었다. 식습관을 밝히면 그럼 넌 풀만 먹고 사냐는 반문이 돌아왔고(지금도 크게 다르지는 않지만), 외계인을 보듯 날 봤다(이 역시 여전하지만). 하지만 진짜 문제는 사람들의 인식 부족이 아닌 먹거리 부족에 있었다. 채식에 대한 개념이 희박한 만큼 대체식품의 개발 역시 미미했던 것이다. 지금이야 마트에만 가도 비건 식품을 찾아볼 수 있지만, 당시 한국의 대체육 시장에는 콩 단백으로 만든 거대한 소시지 하나가 전부였다. 그건 씹으면 널빤지 맛이 났는데, 그조차 없는 것보다는 낫다며 매끼 열심히 챙겨 먹었더랬다. 아, 잠깐 눈물 좀 닦고.

초등학교 5학년이었던 어느 날부터, 나는 학교에 도시락을 가져가기 시작했다. 어제까지만 해도 함께 급식을 먹던 아이가 갑자기 혼자 도시락을, 그것도 맛대가리 없는 콩 소시지를 반찬으로 싸 오다니. 비좁은 초등학생 사회에서 그것은 꽤 대단한 이슈였다. 하루아침에 변해버린 동급생의 속내를 아이들은 몹시도 궁금해했다.

"왜 너만 다른 음식을 먹어? 갑자기 왜 그래? 계속 도시락 싸 올 거야? 대체 왜?"

내가 스웨덴의 어린 환경운동가 그레타 툰베리 같은 아이였다면 그 순간 굉장한 대답을 해서 모두를 감화시켰을지도 모르지. 식단을 바꾼 이유는 일주일 내내 말해도 부족하니까. 그러나 나는 그다지 총명치 못한 아이였고, 딱히 생각이 깊은 편도 아니었다. 쏟아지는 질문에 머리를 긁적이던 나는 멍청히 대답했다.

"그냥?"

초등학급에 새바람을 일으킬 수 있었던 기회를 그렇게 허무하게 놓치고 말았다. 하지만 다시 시간을 되돌린대도 나의 대답은 같을 것이다. 왜냐하면 내가 채식을 시작한 데는 정말로 별 이유가 없었기 때문이다.

식단을 바꾼 가장 큰 계기는 사실 엄마였다. 친환경 현미,

식초, 죽염 등 자연식에 매료되어 있던 엄마 덕분에 우리 식구는 태고적부터 강제적으로 건강식을 먹었고, 나도 예외는 아니었다. 그러던 어느 날, 건강식만 강요하던 엄마는 밥상에서 육해공의 모든 고기들을 제외하기 시작했다. 엄마가 해주는 밥상에서 그나마 먹을 만하던 것이 고기였는데… 대체 왜 내게 이런 시련을 주는 것인지, 억울한 마음에 엄마에게 이유를 물었다. 엄마는 대답했다. 이제부터 엄마는 채식을 할 것이라고. 그러니까 너도 이제 밥상머리에서 고기는 찾지 말라는 것이 말씀의 요지였다.

"사랑을 말로 하면 뭐 해. 실천해야지."

엄마는 인간과 동물과 자연이 평화롭게 사는 세상을 꿈꾼다고 했다. 살아 움직이는 생명을 해치지 않으며 그들을 착취하지 않는 삶을 살고자 했다. 완벽하지 않아도 아무것도 하지 않는 것보다는 나으니까. 자연은 거대한 생명 에너지로 이뤄져 있으며, 인간은 대자연의 이치에 맞게 살아야 한다는 걸. 자연과 교감하기 위해서는 그 속에서 살아가는 동식물 주민들을 존중하고 사랑하며 대자연에 감사해야 한다는 걸. 생명을 소중히 여겨야 된다는 그 당연한 사실을 나는 엄마로부터 배웠다. 그렇게 내 채식은 시작됐다. 시작은 자의라고 할 수 없지만, 그 순간부터 나는 모기나 파리 한 마리 죽이지 않았다. 고기, 생선, 계란, 우유, 꿀을 포함한 동물의 털이나 가죽 제품 및 동물성 첨가물도 더 이상 사용하지 않았음은 물론이다.

외국이라면 몰라도 한국의 채식주의자는 외계인과 하등 다를 바 없었다. 난 그런 한국에서 학교를 다닐 땐 급식을 먹는 아이들 틈에서 도시락을 까먹었고, 외식을 할 땐 늘 비빔밥을 먹었다. 여행을 가도 맛집 투어는 불가능했고, 뷔페에 가도 샐러드와 과일 외에는 손댈 수 있는 것이 없었다.

어찌 보면 강도 높은 식이요법을 이행한 셈인데(다행히도 내 체질에 딱 맞긴 했지만), 그런 이방인 같은 삶에 대한 의문은 종종 몰려왔다. 불편하고 불만족스러운 상황이 발생할 때마다 내가 왜 이렇게 살아야 하는지 도무지 알 수 없었다.

친구들을 만날 때면 아무 가게나 편히 들어가 밥을 먹고 싶었고, 주류에 무리 없이 섞이고 싶었다. 무엇보다 남들을 불편하게 하는 유별난 사람이고 싶지 않았다. 그리고 이 오랜 고민에 대한 답을 나는 의외의 곳에서 찾았다. 동생이 뉴질랜드에서 유학하고 있던 때, 휴가차 방문한 그곳에서 동생의 친구를 만났다. 우리처럼 이방인의 길을 택한 그녀는 자신의 선택은 자연스러운 것이라고 했다. 그녀가 채식을 하는 이유는 행복이었다.

행복하고 싶으니까 다른 생명의 행복도 존중한다.

세상의 모든 동물들에게는 그들만의 존재 이유가 있다. 흑인이 백인을 위해 존재하는 게 아니고, 여자가 남자를 위해 존재하지 않듯, 동물도 인간을 위해 존재하지 않는다. 타인의 고통이 나의 행동과 생활 방식에 의해 초래된다면, 나또한 평화를 누릴 수 없을 것이다. 그녀는 그저 자신이 존중받고 싶은 만큼 다른 생명을 존중하고 있었고, 사랑받고 싶은 만큼 다른 생명을 사랑하고 있었다. 자신이 살아가고 싶은 세상을 스스로 만들어가고 있었다. 나는 그런 당연한 이치를 간과하고 있었다. 평화는 그저 바란다고 오는 것이 아니라, 실천할 때 비로소 얻을 수 있는 것이었다. 바람을 행동으로 옮기며 살아가는 것, 그것이야말로 인간으로서 의미 있는 삶을 만들어가는 방법이란 걸, 나는 그때 알았다.

지금 와서 되돌아보면 엄마는 내게 그저 생명을 사랑하는 법을 가르쳐주려고 했던 것 같다. 엄마는 자식들이 자연과 교감하며 그 속에서 살아가는 동식물 주민들을 사랑하고, 자연에 감사하는 평화로운 사람이 되기를 바랐을 뿐이다. 조만간 지구의 모든 생명체들이 조화롭게 공존할 수 있는 날이 오기를 바라며 나는 앞으로도 엄마의 가르침을 가슴속 깊이 새기고 살아가려 한다.

글 한 편 마쳤으니, 오늘은 코코넛 치즈를 잔뜩 올린 비건 피자를 먹으면서 하루를 마무리해야지. 불량 비건의 맛은 언제나 달콤하다. 난 평화롭게 살겠다고 했지 건강한 비건이 되겠다고 한 적은 없다….

사랑에 이유가 있나요

여섯 살의 어느 날, 코끼리 다큐멘터리를 보다가 한바탕 오열한 적이 있다. 상아 때문에 코끼리 무리가 밀렵당하는 장면을 봤기 때문인데, 비록 오래전 일이지만 당시 느꼈던 슬픔은 지금까지도 잊히지 않는다. 평화로운 동물들이 그깟 상아 때문에 살해당하다니. 인간의 잔혹함이 미안하고 부끄러워 어린 마음에도 울음을 참을 수 없었다.

최근 뉴스를 보면 지구온난화로 인한 충격적인 재난 소식들이 넘쳐난다. 꿀벌들의 멸종으로 인한 식량 위기, 과도한 착취가 야기한 환경 파괴, 멸종으로 인한 생태계 붕괴, 지

독한 환경오염 등 영화에서나 볼 법한 지구 종말 직전의 모습들. 자연은 하나의 유기체이기에 하나가 무너지면 전체가 무너진다는 사실을 눈으로 확인하게 되는 최근이다.

그래서인지 우리가 앞으로 살아갈 지구를 위해, 인류를 위해 자연을 보호하자고 외치는 목소리는 날로 커지고 있다. 꿀벌을 살리고, 야생동물을 보호하고, 벌채와 남획을 멈추고…. 쌍수를 들고 환영할 만한 얘기라는 데는 동의하지만, 이런 담론들을 지켜보다 보면 문득 의문이 들곤 한다. '자연을 지키는 데 이렇게까지 많은 이유가 필요한가' 하고.

어린 시절, 나는 자연과 교감하는 특별한 아이는 아니었다. 환경이나 동물권에 있어 문제의식이 투철한 것도 아니었고, 지구라는 행성 자체에 그다지 관심이 없었다. 그야말로 아무 생각 없는 평범한 아이였는데, 굳이 남다른 점을 찾아보자면 생명을 경시하는 행위를 유난히도 싫어했다.

이를테면 초등학교에 반마다 꼭 한 명씩은 있는 '이유 없이 곤충을 죽이는 아이'. 나는 그런 애들을 보면 소름이 끼쳤다. 사마귀의 목에 나뭇가지를 올려놓고 양쪽 끝을 밟아 사마귀 머리를 떼어내고, 잠자리 날개를 뜯고, 심심하다면서 개미들을 밟아 죽이던 아이들…. 그 기억들은 손톱 아래 박힌 가시처럼 여전히 머릿속에 남아 있다.

안타깝게도 힘없는 꼬마였던 나는 그들을 그저 지켜볼 수밖에 없었다. 생명을 존중하고자 하는 마음은 다른 행위로 대신했다. '비가 온 다음 날, 지렁이를 줍고 다니기.' 그게 내가 택한 일이었다. 비가 내리고 나면 엄청나게 많은 지렁이들이 인도로 기어 나왔다. 눈도 없고 귀도 없는 지렁이들은 자신이 어디에 있는지 갈피를 잡지 못한 채, 길바닥 위에서 햇빛에 말라 죽거나 사람들에게 밟혀 죽기 일쑤였다.

그걸 보는 게 고통스러웠다. 지렁이가 징그럽거나 그것이 죽어가는 모습이 끔찍해서도 아니었다. 나는 그저 살고 싶어서 꿈틀거리는 지렁이를 내버려둬서는 안 된다고 생각했다.

처음에는 나뭇가지와 나뭇잎을 사용해 그들을 풀숲으로 옮겼으나, 조금만 건드려도 이 녀석들이 몸부림을 치는 통에 고전을 면치 못했다. 피부도 연한 것들이 이러다 크게 다치는 건 아닐지 겁이 났다. 그래서 결국은 손으로 지렁이를 집기 시작했다. 솔직히 촉감이 좋았다고는 할 수 없지만, 지렁이들을 살릴 수만 있다면 상관없었다. 학교에서 배우지 않아도 알 수 있는 것들이 있다. '세상에 하찮은 생명은 없다'는 사실을, 그때 나는 이미 알고 있었다.

누군가를 사랑하는 데는 이유가 필요 없다.

이유가 없다는 것만큼 완벽한 이유는 없다고 생각한다. 귀여운 동물을 보면 애정이 생기고, 다친 동물을 보면 동정심을 느낀다. 여기에 공감하지 않을 사람은 없을 것이다. 밀렵당하는 코끼리의 슬픔이 느껴져서 울었고, 길바닥에서 죽어가는 지렁이의 고통이 느껴져서 그들을 구했다. 거기에 이유는 없었다. 나는 그저 느끼는 대로 행동했을 뿐이다.

머리로만 아는 건 지식으로 끝나지만,
가슴으로 느끼는 건 삶을 바꾼다.

　사람들은 동물 보호와 환경 보호에 여러 가지 이유를 붙인다. 인간의 삶을 이롭게 하기 위해 지구를 지켜야 한다는 말들을 들을 때마다 나는 그것이 참으로 궁색하게 느껴진다. 사실 우리가 해야 하는 일은 그저 그들을 사랑하는 것일지 모른다. 사랑한다면 그들이 자신의 모습대로 살아가도록 지켜볼 것이고, 존중한다면 그들의 삶을 침해하지 않을 것이다. 나 자신을 대하듯, 사랑하는 반려동물을 대하듯, 자연과 그 안의 모든 생명체들을 대한다면, 이 세상에 더 이상의 위기는 없을 것이다.

　우리는 아무런 노력도 하지 않아도 된다. 이유를 찾을 필요도 없다. 우리가 진실로 느끼는 대로, 양심이 시키는 대로 살아간다면, 아마 우리는 아주 오래도록 이 지구라는 아름다운 별에서 행복하게 살 수 있지 않을까?

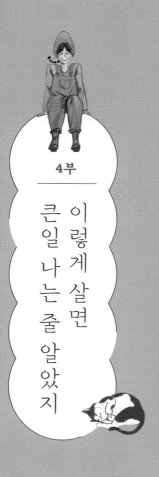

4부

이렇게 살면
큰일 나는 줄 알았지

결혼, 안 하는 게 아니라
못 하는 건데요

"안녕하세요, □□프로그램 만들고 있는 ○○작가입니다. 섭외 건 때문에 전화 드렸는데 잠시 통화 괜찮으실까요?"

하루는 방송국으로부터 한 통의 전화를 받았다. 자신을 한 특집 프로그램의 작가라고 소개한 그녀는 나에게 대뜸 '귀농한 여성 백수'로 출연해줄 수 있냐고 물었다. 그녀의 설명에 따르면 이번 특집 방송의 키워드는 30대, 백수, 귀농, 그리고 '비혼'이었다. 나는 겸연쩍게 대답했다.

"저 비혼 아닌데요…?"

그렇게 방송 출연은 불발됐다. 왜 나를 비혼주의라고 생각했을까? 결혼을 생각하는 30대 여자가 시골에서 혼자 사는 일은 없을 거라고 생각하신 걸까? 하지만 전쟁터에서도 사랑이 싹트고 결혼하는 마당에, 정말로 결혼을 하고 싶다면 '어디 사는지'는 문제되지 않는다.

20대 청춘을 지나 30대를 넘어가고 있는 나는 여전히 결혼에 큰 관심이 없다. 결혼이 하기 싫다기보다, 어찌 되든 상관없다는 입장에 가깝달까? 나에게 결혼은 축복도 저주도 아닌, 인생에 일어날 수(도) 있는 하나의 사건 혹은 체험 활동에 불과하다. 그 체험 활동의 결말이 무조건 해피엔딩이라면 무심코 뛰어들어보겠지만, 그게 아니란 걸 알기 때문에 그저 멀리서 관망하고 있을 뿐이다. 왜냐하면, 나는 여전히 성공적인 결혼 생활을 해낼 자신이 없기 때문이다.

결혼에 대한 얘기가 나오면 사람들은 내가 결혼을 '못' 할까 걱정한다. 시골에 살고, 직장이 없는 30대 백수의 결혼보다 차라리 판타지 소설이 더 현실적으로 뵈는 모양이다.

"돈이 있어도 어려운 것이 결혼인데, 돈도 없고 나이도 많고 직장도 없고 미래도 비전도 없는 네가 냉정하기 짝이 없는 결혼 시장에서 무슨 가치가 있겠니?"

결혼 시장에서는 연령, 직장, 학력 등을 기준으로 매물의 값을 매기는데, 그들의 시스템에서 봤을 때 나는 팔리지 않는 상품임이 분명했다. 하지만 그건 그들의 생각이고, 나는 결혼은 조금 다른 문제라고 생각한다.

사실 마음만 먹으면 결혼을 하는 건 어렵지 않다. 정말 결혼이 목적이라면 상대의 조건을 따지지 않고, 그저 혼인신고를 해버리면 그만일 터이다. 하지만 결혼이 이토록 어려운 문제인 건, 이게 기본적으로 공동체 생활이기 때문이다. 그것도 영원히 끝나지 않는….

완전히 다른 환경에서 성장한 두 명의 타인이 만나 평생에 걸쳐 서로의 차이를 극복해가는 과정은 사실 정신적 극기 훈련이나 다름없다. 서로가 조금씩 자아를 내려놓고 배려하지 않으면 사실상 불가능한 일이다. '사랑' 말고도 구성원의 타협과 배려, 양보, 그리고 희생이 있어야 원활한 결혼생활이 가능하다는 것이다.

물론 처음부터 나의 모든 것을 포용해줄 수 있는 좋은 사람을 만나면 만사형통이겠지만, 좋은 사람의 개체 수는 알다시피 매우 적다. 그리고 있다고 하더라도 벌써 누군가가 채간 후다. 나를 포함한 다수의 현대인들은 개인주의와 게으름에 찌들어 있는 것이 보통인데, 이러한 자들에겐 결혼과 동시에 공동체 친화적인 인간으로 성장해야 한다는 사명이 주어진다. 그리고 안타깝게도 이것은 매우 어려운 일이다.

일단 나만 해도 그렇다. 낳아준 엄마가 하는 말도 30년 동안 듣지 않고, 방 청소도 하지 않던 내가 한순간에 타인을 위해 매일같이 집안일을 할 수 있을 리 만무하다. 일찍 자고 일찍 일어나는 것이 좋다는 걸 알면서도 30년이 넘도록 못 지키고 있고, 게임은 현실 도피에 불과하단 걸 알면서도 여태 게임 머니를 결제하고 있으며, 누워서 스마트폰을 보면 시력을 잃는다는 걸 알면서도 지금 이 순간에도 누워서 폰질을 하고 있는 내가 고작 '결혼을 했다고' 평생 습관을 바꾸다니. 가당치 않은 일이다. 다시 말해, 나는 지금 결혼이란 공동체 생활에 뛰어들기엔 자격이 턱없이 부족하다. 이런 상태로 결혼했다가는 잠시 맞춰주는 척, 타협하는 척 연기하다가 이내 전부 때려치우고 도망칠 궁리나 할 게 틀림없다.

그래서 난 결혼을 생각하기 전에
먼저 사람다운 사람이 되기로 했다.

그러려면 자신부터 존중해야 했다. 나를 존중하지 않으면서 남을 존중한다는 것은 그 자체로 어불성설이니까.

그렇게 시골로 내려온 나는 주변 환경을 아름답고 청결하게 꾸미려고 노력하며 체계적으로 살기 시작했다. 일찍

자고 일찍 일어나며 아침에는 운동을 한다. 설거지, 청소, 빨래는 바로 한다. 집에 고쳐야 할 곳이 있으면 그날그날 수리한다. 돈을 벌면 되도록 저축하고, 여유가 생기면 순간의 쾌락보다 삶의 질을 향상시키는 데 투자했다. 내게 스스로를 존중한다는 건 사람다운 삶을 살기 위한 노력을 의미했다.

나는 여전히 혼자서도 인간답게 살아갈 수 있는 기본적인 생활 습관들을 익히고 있다. 혼자서도 온전히 존재할 수 있는 사람이 되면, 곁에 누가 다가오든 함께할 수 있어 고맙다는 마음으로 공생할 수 있을 테니까.

스스로 정돈된 사람은 타인에게 친절을 베풀 여유가 있다. 그리고 곁에 있는 사람들에게 행복을 줄 수 있다. 그런 연유로 혼자서도 온전히 존재하는 인간이 되기 위해서, 오늘도 나는 열심히 스스로를 교육하고 있다. 비혼이든 기혼이든 싱글이든 커플이든 그게 뭐가 중요하겠어. 일단 사람부터 되고 보련다….

나의 시간을
책임진다는 것

시골집에서 맞는 첫 아침, 창문으로 쏟아져 들어오는 따사로운 햇살을 받으면서 눈을 떴다. 시계를 보자 생각보다 늦은 시간이었다. 그래도 왠지 여유로운 기분이었다. 오늘은 시골에서 맞는 첫 아침이고, 할 일은 유튜브 대본을 쓰는 일뿐이기 때문이다! 마음만 먹는다면 대본은 세 시간이면 충분하다. 어차피 시간도 있고, 일은 조금 미뤄도 될 것 같아서 일단 소소하게 집안일을 하며 볼 요량으로 넷플릭스를 틀었다.

그렇게 앉은자리에서 드라마 시즌 하나를 끝냈다. 다음

화 재생 버튼을 누르지 않아도 자동으로 다음 화가 재생되는 넷플릭스의 서비스 탓이다. 시청자가 중간에 탈주할 수 없게 하다니! 정말이지 악랄한 대기업의 술수가 아닐 수 없다.

일어나서 한 일이라곤 드라마를 본 게 전부인데, 이미 해가 뉘엿뉘엿 지고 있었다. 해가 지기 시작하자 마음 한편이 초조해진다. 하루 종일 미뤄온 일들을 처리할 시간이 얼마 남지 않았다는 의미이기 때문이다.

허나 일을 하기 전에 배부터 채우는 게 우선이다. 기다린다고 누가 입에 밥을 떠먹여 주지 않기 때문에 식사 시간은 절대 거를 수 없다. 그렇게 식사를 하다 보면 어느새 완전한 어둠이 찾아온다. 칠흑 같은 어둠 속에선 고라니의 울음소리만이 간간히 들려온다. 심약한 도시 출신의 외지인은 오금이 저려온다. 이럴 땐 아이돌 영상을 틀어 심신을 안정시키는 수밖에 없다.

그렇게 꼬리에 꼬리를 무는 아이돌 영상을 보며 몇 시간을 허비하고 나면 하루 종일 허송세월했다는 죄책감과 불안으로 초인적인 집중력을 발휘하게 된다. 뒤늦게 발등에 불이 떨어진 기분으로 늦은 새벽까지 하얗게 불태우다 쓰러지듯 잠든다. 잠들기 전까지 혼신의 힘을 다해 일했기 때문에 마치 하루를 의미 있게 보냈다고 착각하기 쉽지만, 실제로 의미 있게 보낸 시간은 두 시간, 즉 하루의 12분의 1이 채 되지 않는다. 이렇게 하루가 지나갔다.

그날 이후, 난 여태 외면해오던 나의 실체를 인정하지 않을 수 없었다. 내가 얼마나 나약한 인간이었는가를….

도시에서는 의지가 조금 약해도 무리 없이 살아갈 수 있었다. 침대에 누워 배를 긁다가도, SNS에서 운동, 공부, 취미 무엇 하나 놓치지 않고 모든 걸 해내는 사람들의 인생을 엿보다 보면 침대를 박차고 일어날 힘이 언제든 솟아나기 때문이다. 꼭 하고 싶은 일도, 열정도, 의지도 없었지만, 유독 남들보다 뒤처지는 것만은 참을 수 없었던 나는 자주 그들만의 리그에 합류했다. 공부가 하고 싶으면 그룹스터디에 참여하고, 영어를 배우려고 학원에 다녔으며, 운동이 필요할 땐 헬스장에 갔다. 남들만큼 열심히 살고 있다고 자기만족만 할 수 있으면, 무리에 휩쓸려 다니는 것도 나쁘지 않았다.

시골로 간다는 건, 그런 환경으로부터 멀어진다는 걸 의미했다. 하지만 의외로 걱정은 되지 않았다. 사람도, 인프라도 없지만 그 말인즉, 온 시간이 내 마음대로라는 뜻이었다. 24시간이 다 내 것이 된다면 엄청난 일이 일어나지 않을까? 시골로 오면서 나는 포부에 부풀었다. 나를 방해하는 그 어떤 것도 없는 이곳에서 자기계발의 신이 될 터였다.

물론 얼마 지나지 않아 그 자신감은 박살 나고 말았지만…. 막상 시골로 오자 무엇 하나 내 뜻대로 되는 게 없었다. 난 그제야 자유 시간의 꽃말을 알았다. 더 이상 그 무엇에도 책임 전가를 할 수 없었다. 잔소리하는 사람도 없고, 나를 방해하는 사람도, 꼭 가야 할 곳도, 참여해야 할 모임도 없기 때문에 내 시간을 어떻게 보내느냐는 순전히 내 책임이었다. 이곳에서의 시간은 내가 어떻게 관리하느냐에 따라 금처럼 쓰이기도 개똥처럼 쓰이기도 했다.

나의 시간을 책임 지는 것, 그건 정말 무서운 일이었다. 하지만 30대를 지나가는 내게는 꼭 필요한 경험이라고 생각한다.

돌이켜 보면 도시에서의 내가 무임승차했던 건
사람들의 바쁜 스케줄이 아닌
그들의 열정과 의지였다.

의지가 약한 인간은 누군가 움직여주지 않으면 그대로 쓰레기가 된다. 그렇게 통제되지 않는 일상은 게으른 나로 하여금 24시간의 대부분을 허비하게 했다. 니체가 말하지 않았던가. 하루의 3분의 2를 자기 마음대로 사용하지 못하는 사람은 노예라고. 확실히 내 시간을 가장 낭비하는 건 다른 누구도 아닌 나였다. 그런 맥락으로 본다면 나는 태어난 이래 단 한순간도 노예가 아니었던 적이 없다. 하늘이시여, 인간은 어찌하여 이리도 나약하단 말입니까?

우리는 모두 언젠가 스스로의 시간을 책임져야 하는 날을 맞이한다. 자신의 시간을 주도적으로 이끌어갈 때, 비로소 진정한 인생이 시작된다. 다른 사람이나 환경이 정해주는 대로 살아가던 내게 이곳에서의 시간이 주체적인 삶을 향한 전환점이길 바란다. 이렇게 말하고 나니 엄청 뿌듯하고 열의가 솟구친다. 이젠 정말 잘할 수 있을 것 같다.

모처럼 할 일 하나 끝냈으니 넷플릭스 딱 한 편만 보고 자야지….

나잇값을 하는
어른이 되고 싶어

따사로운 5월의 어느 날. 산뜻하게 화장하고 기분 좋게 외출하던 중, 당시 거주하던 아파트 입구에서 한 꼬마와 마주쳤다. 아이는 다섯 살가량으로 추정됐다. 눈이 마주치자마자 꼬마는 제자리에 멈춰 섰고, 돌연 90도로 내게 배꼽 인사를 했다.

"안녕하세요."

짧은 인사였다. 그러나 그것은 날 충격에 빠뜨리기에 충분했다. 아이는 입 밖으로 내지 않았지만 나는 마음의 귀로

들어버리고 말았던 것이다. '안녕하세요' 뒤에 생략된 '아줌마'를…. 발설되지 않았음에도 그 단어는 불쏘시개처럼 내 심장에 낙인을 남겼다. 과장 조금 보태서 아이들과는 거의 친구나 다름없다고 생각했는데 그건 나만의 착각에 불과했던 것이다. 아이들의 영원한 친구일 줄 알았던 나는 어느새 아이들에게 90도로 배꼽 인사를 받고, 명절에는 세뱃돈을 챙겨줘야 하는 어르신이 되어 있었다.

배꼽 인사 사건을 겪고 나자 나이에 대해 새삼 다시 생각하게 됐다. 이 세상에 나이 먹을 준비가 된 사람이 과연 있을까? 노화가 낯설지 않은 사람은 세상에 단 한 명도 없을 것이다. 모두가 처음 겪는 일이니까.

나 역시 나이를 먹기 전엔 몰랐다.
남들처럼 나도 늙어가리라는 사실을.

나도 모르는 사이에 세월은 흘렀고, 어느새 누나, 언니, 선배 소리를 듣게 됐다. 그런데도 나는 왠지 몸뚱이만 큰 아이가 된 기분이다. 철이 덜 든 것일 수도 있지만, 주변 사람들의 대우가 더 그런 기분을 안겨주었는지도 모르겠다. 인생과 관련된 내 모든 선택을 향한 그들의 의심에는 말 그대로 끝이 없었다.

그들의 눈에는 내가 아직도 철없는 아이 같은 걸까. 남들의 오지랖을 감내해야 하는 건 청소년기로 끝인 줄 알았는데, 어째서인지 나이를 먹어도 그들의 잔소리는 끝날 줄을 몰랐다.

어리둥절했다. 왜 갈수록 점점 더 많은 이들이 내 인생의 컨설턴트가 되기를 자청하는 것인지? 그들은 늘 지금이 나에게 얼마나 중요한 시기인지를 조언하고 싶어 안달이 나 있었다.

"지금 한창나이인데 시골에 있으면 어떡해!"
"얼른 지금이라도 서울에서 직장 구해야지. 더 늦으면 그것도 못 해."

사람들은 내가 하기 싫은 일에 대해선 지금이 적기라고 했고, 하고 싶은 일에 대해선 시기상조라고 했다. 나이를 먹을수록 내가 해야 할 일과 해서는 안 되는 일에 대한 잔소리의 범위가 점점 넓어져갔다. 모두들 나도 모르는 내 인생의 스케줄러를 갖고 있는 걸까? 지금 꼭 해야 한다고 국가가 지정한 일들이 있는 걸까? 나이를 먹는 것도 서러운데, 잔소리에 눈칫밥까지 먹어야 한다는 것이 억울했다. 내 인생 드라마를 전개해나가는 데 주변 사람들을 꼭 설득해야 할 이유를 몰랐다. 그들에게 나라는 드라마는 그다지 즐겨 보는 프로그램조차 아닐 테니 말이다.

그래서 나는 시청자 게시판을 닫기로 했다. 무소의 뿔처럼 기존의 기획의도를 밀고 나가는 드라마 작가마냥. 내 인생에 참견하는 무수한 이들에게 그저 댓글 하나를 달아주기로 했다.

"관심 있게 지켜봐 주셔서 감사합니다."

우리는 모두 어른이 된다. 예전엔 막연히 성년이 넘어서면 어른이라고 생각했고, 어른들은 언제 저렇게 큰 건지 궁금했는데, 그냥 살다 보면 다 어른이 되는 것이었다. 세월은 허투루 살아지지 않는 탓이다. 자의든 타의든 어떻게든 배움은 있기 마련이다.

예전에는 미래의 나에 대한 막연한 기대가 있었다. 제법 모아둔 돈, 빛나는 커리어와 넓은 인맥처럼, 어른이 되면 으레 이룰 거라 생각했던 커리어우먼의 미래 같은 것들. 모든 일을 유능하게 처리하고, 아랫사람들의 안위를 챙기는 그런 어른이 되리라는 기대. 솔직히 난 그중 그 무엇 하나 이루지 못했다. 예전의 나라면 여전히 나잇값을 하지 못한다고 생각했겠지만, 이젠 아니다. 세상의 기준에 부합되기 위한 조건들이 더 이상 중요하지 않다는 걸 알고 있기 때문이다.

그래서 나는 자신의 가치를 내면으로부터 일궈내기로 했다. 내가 살아온 시간만큼의 가치를 하는 사람이 되고자 마음먹은 것이다. 지금의 난 이전에는 이해하지 못했던 것들을 이해한다. 전에는 하지 못했던 일들을 할 수 있고, 보지 못했던 것들을 볼 수 있게 됐다. 내 나름대로 나잇값을 하고 있는 것이다.

영화 〈인턴〉은 70대의 은퇴한 CEO 벤이 30대 CEO 줄스가 운영하는 회사에 시니어 인턴으로 입사하며 벌어지는 이야기다. 줄스는 자신의 비서로 배정된 벤을 전혀 달가워하지 않지만, 그의 도움으로 그녀는 삶 속에서 당면하는 어려움을 하나둘 헤쳐나가게 된다. 자신의 쓸모를 의심하는 줄스에게 벤은 말한다.

"저는 누구와도 잘 어울립니다. 그리고 저는 여기 당신의 세계를 배우고 제가 줄 수 있는 도움을 주기 위해 왔습니다."

타인의 보조자가 되길 자청하는 어른이라니. 이런 배려와 존중의 자세를 탑재한 정말 어른다운 어른을 나는 살면서 몇 보지 못했다. 그야말로 유니콘 같은 존재라고 생각하는데, 그건 그만큼 '진짜' 나잇값을 하는 어른이 되는 게 어렵기 때문일 것이다. 벤은 또 이런 말도 한다.

"경험은 절대 늙지 않아요. 경험은 결코 시대에 뒤떨어지지 않죠."

인격적으로 성숙한 사람은 시간이 흐름에 따라 더욱더 가치 있는 사람이 된다. 그런 사람들은 흘러간 시간을 아쉬워하지 않는다. 오늘의 나는 이전의 나보다 더 나은 사람이 됐다는 걸, 더 좋은 어른이 됐다는 걸 알기 때문이다.

그렇게 지나간 시간을 아쉬워하지 않고, 과거가 그립기보다는 미래가 기다려지는 사람이 될 수 있도록 나는 나이를 잘 먹어가고 싶다. 그러다 보면 언젠가는 뒤를 돌아보며 '참으로 후회 없는 인생이었다' 담담히 말할 수 있는 날이 오지 않을까?

여전히 취업이 하기 싫은
백수

    시골에 살면 마치 속세에 아무런 미련도 남지 않은 사람처럼 여기는 풍조가 있는데, 안타깝게도 나는 물욕이 많다. 예쁜 가방, 옷, 신발을 보면 사고 싶고 예산 밖의 물건은 최소한 장바구니에 넣어보기라도 한다. 스트레스를 받거나 금전적인 여유가 생기면 쇼핑부터 한다. 즉, 돈 쓰는 걸 엄청 좋아하는데 그럼에도 불구하고 내가 돈을 인생에서 최고로 중요하다고 말하지 않는 이유는 간단하다. 돈만 좇다가는 인생을 말아먹기 십상이기 때문이다.

    "타네야, 월에 500만 원은 벌어 와라. 그래야 사람답게 산다."

아빠는 예나 지금이나 나에게 월 500만 원은 벌어 오라고 한다. 그래야 윤택하게, 사람답게 살 수 있다나 뭐라나. 하기야 행복은 돈으로 살 수 없지만, 행복하려면 돈이 필요하다고들 말하니까. 돈이 많으면 하고 싶은 걸 하고, 사고 싶은 것을 가질 수 있고, 선택의 폭이 넓어진다. 선택할 수 있는 범위가 넓어지는 건 그 자체로 행복한 일이니 어른들의 돈타령에도 다 이유가 있는 것이다.

나도 돈이 좋다. 조금 일하고 많이 버는 사람을 보면 부럽고 주식이나 코인으로 돈방석에 앉은 사람을 보면 배가 아파서 죽을 지경이다. 로또에 당첨되는 법을 공부하는 사람도 있다는데…. 그 마음이 머리로는 어렵지만, 가슴으로는 충분히 이해가 간다. 로또 당첨이라니, 생각만 해도 즐겁지 않은가? 물론 난 로또를 사지도 않는다. 하지만 상상은 늘 달콤한 법이다.

돈이 좋다. 그럼에도 불구하고 내가 돈에 목을 매지 않는 건, 돈의 대가가 얼마나 값비싼지 알기 때문이다. 나 같은 평범한 사람은 돈을 벌고 싶으면 몸을 쓰든 머리를 쓰든 아니면 둘 다 쓰든 무조건 '노오력'을 해야 한다. 이건 만국 공통이다. 보통 20대 때는 청춘을, 30대 때는 건강을, 40대 때는 가족을, 결국은 인생을 돈과 바꾸는 거 같다. 이렇게 돈을 벌면 서울에 집도 사고 차도 사고 옷도 사고 많은 걸 살 수 있다. 그래서 나도 계속 돈을 벌었다. 돈은 일시적인 행복을 사는 데는 최고였다.

그 행복의 기한이 너무나도 짧긴 했지만 말이다. 이렇게까지 일시적일 필요가 있을까 싶을 정도로. 평일에는 일하느라 피곤해서 자유 시간을 갖기 힘들었고, 일에 발목을 잡힌 탓에 주말에 마음껏 노는 것도 무리였다. 진짜 쉴 수 있는 건 15일가량의 공휴일이 전부였는데, 그마저도 만성피로 때문에 방구석에서 굴러다니다가 끝나기 십상이었다.

돈이라도 펑펑 쓸 수 있으면 모르겠지만 또 그 정도로 월급을 많이 받는 것도 아니었다. 그러니 잔잔한 인터넷 쇼핑이나 하며 스트레스를 풀 수밖에. 결국 일 년 내내 아침부터 저녁까지 그리고 대체로는 야심한 밤까지 일을 했는데, 돌아오는 행복은 상대적으로 너무 짧았다. 돈을 벌어 행복을 꿰차려 했는데, 영 가성비가 좋지 않았다. 행복한 인생을 살려고 돈을 버는데 바로 그 돈 때문에 인생이 불행했다. 이게 뭔가 싶었다.

돈을 벌기 위해 우리는 하루의 여섯 시간은 잠을 자고 나머지 시간의 대부분은 일을 한다. 아이러니한 건 그렇게 번 돈으로는 정작 가장 필요한 건 살 수 없다는 사실이다. 건강도 그렇고 가족도 그렇고 시간도 그렇다. 돈을 번다고 그냥 흘러가 버린 세월은 무엇으로도 살 수 없다. 과거도, 현재도 구원하지 못하는 돈으로, 하물며 미래를 살 수 있을 리 만무하다. 들이는 시간과 정성에 비해 돈은 너무 적은 것을 돌려줬다. 그래서 결심했던 거다. 돈을 내 인생의 가장 중요한 가치로 두지 않기로. 인생의 우선순위를 재정립하기로 한 것이다.

시골집에서 나는 직접 키운 야채들로 한 끼 식사를 하고, 직접 조성한 정원에 앉아서 그림을 그리거나 책을 읽는다.

윤택한 생활은 아닐지라도 시골의 나날은 여유롭고 평화롭다. 생동하는 나 자신의 에너지를 느낄 수 있다.

영화 〈아바타〉에서 외계 원주민인 나비족들은 '큐'라는 신체의 일부를 연결하며 정신적인 교감을 나눈다. 생명이 있는 것들은 서로 교감을 하며 에너지를 주고받고, 그렇게 자신이 살아 있음을 느낀다. 마치 나비족들처럼, 나는 시골에서 자연과 교감하며 매일 살아 있다고 느낀다. 이런 일상 속 카타르시스는 삶의 원동력이자 활력소가 된다. 이곳에서 나는 적당히 포기하고, 적당히 절약하며, 적당한 불편을 감수하며 살아가고 있다. 그럼에도 부족함 없이 행복할 수 있단 사실을 매일 깨달으면서.

뭐, 돈이야 적당히 벌면 되지 않겠어?

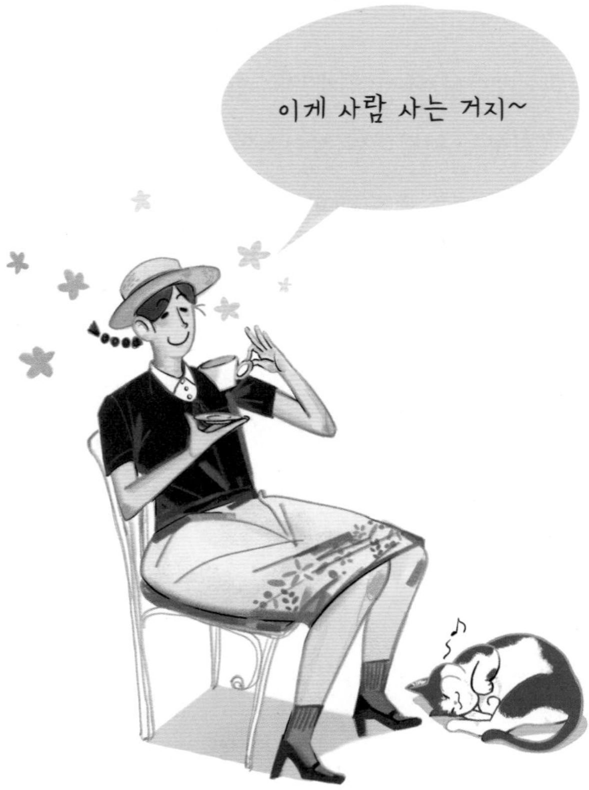
이게 사람 사는 거지~

시골 인간의 노후 준비

겨울이다. 엊그저께에는 가을처럼 따뜻하던 날씨가 하루 아침에 영하로 떨어졌다. 추워서 코가 떨어질 지경인데 밖에서 노동까지 해야 한다니, 고통 그 자체다. 하지만 날씨가 추워질수록 고통스러운 건 몸뚱이만이 아니다.

지난겨울, 난방비와 전기 요금이 폭등했다. 우크라이나 전쟁의 여파로 추정되는데, 혼자 생계를 유지하는 입장이 되고 보니 걱정이 이만저만이 아니었다. 지난 달, 우리 집의 전기 요금은 평소에 비해 두 배가 오른 10만 원이었다. 한 달에 15만 원가량 나오던 기름 값은 22만 원으로 대폭 상승했다. 직감적으로 재앙은 이게 끝이 아니란 걸 알 수 있었다.

다가올 난방비와 전기세 폭탄을 대비해 만반의 준비를 했다. 유례없던 '절전 모드'에 들어가기로 결심한 것이다. 우선 난방은 여섯 시간에 한 번씩 돌아가도록 설정했고, 필요 없는 콘센트를 모두 뽑아버리는 건 물론, 방에 달린 전구도 절반만 남겨놓았다. 이렇게 철저히 대비하면 1월의 한파도 무사히 넘어갈 수 있으리라 생각했다.

그리고 다가온 1월, 우리 집의 전기 요금은 또 한 번 올라 15만 원이 되었다. 고지서에 오류가 있는 게 틀림없었다. 이 정도면 전기가 어디선가 새고 있거나, 누가 우리 집 전기를 나 끌어다 쓰고 있는 것이다. 이것이 실제 청구된 요금이라고는 도무지 생각할 수 없었다.

난방용 기름도 두 달 만에 바닥이 났다. 새로 채운 기름은 한 드럼통에 30만 원이었다. 한 달 만에 8만 원이나 오르다니, 웃음밖에 나지 않았다. 겨우내 춥고 어두운 집에서 살았

음에도 내 주머니는 어김없이 털리고 말았다. 힘없이 줄어
드는 통장 잔고를 보면서 눈앞이 아득해지는 것을 느꼈다.

2년 전, 정작 귀촌을 결정했을 때는 아무런 생각이 없었
다. 내 귀촌을 걱정하는 사람이 너무 많았기 때문에 굳이 나
까지 그 대열에 낄 필요가 없었다.

"여자 혼자 시골에 사는 게 말이 되니?"
"시골 집값은 똥값 되기 십상이다."
"2050년이면 연금도 못 탈 수 있다는데, 그때 가서 수입
다 끊기고 저금도 바닥나면 어쩌려고 그래? 다 늙어서 거지
꼴을 면하지 못하는 수가 있어!"

걱정은 고마웠지만, 솔직히 난 그들의 말을 귓등으로도
듣지 않았다. 시골에서는 자급자족할 수 있다고 믿었고, 입에
풀질할 수 있을 정도의 수입만 있어도 20년이고 30년이고 생
존에는 문제가 없을 거라 굳게 믿었기 때문이다.

그래서 시골에는 언제 살 수 있는 거죠!

그리고 그런 자신감이 무색하게, 귀촌하자마자 나는 개 털이 됐다. 벽돌 공사와 정원 조경, 각종 농기구의 대여와 구 입이 이어지면서 지출은 눈덩이처럼 불어났다. 약간의 위기 감이 몰려왔지만 이내 마인드컨트롤했다. '어디로 가든 초 기 비용은 들기 마련이다…. 분명히 첫 달만 이럴 거야…' 하 늘에 이런 간절한 바람이 닿았다면 얼마나 좋았을까. 그러 나 최초의 출혈만 감내하면 미래는 탄탄대로일 거라 믿었던 내게는, 안타깝게도 더 큰 재앙이 기다리고 있었다.

천재지변이었다. 전 세계에 전염병이 퍼졌고, 전쟁이 터 지면서 주가는 폭락했으며, 정권이 바뀌었고, 물가가 폭등 해 기름 값이 몇 배로 뛰었다. 초기에 끝날 것이라고 생각했 던 대량의 지출은 2년이 지나도록 끝이 날 낌새를 보이지 않 았다. 돈은 들어오는 족족 나갔고, 가계부는 때때로 마이너 스를 찍었다.

쪼그라드는 통장 잔고 앞에서 나는 때로 흔들렸다. 들어 오는 돈은 한정적인데 나가는 돈이 늘어가니 제아무리 심지가 단단한 나라도 노후에 대해 조금은 소심해지지 않을 수 없었다. 물론 그러다가도 '에이, 몰라' 하며 평정심을 되찾고 제자리로 돌아오곤 했지만. 이건 내가 딱히 강한 사람이라서 그런 게 아니라, 자연스럽게 체득한 삶의 지혜에 가까웠다. 예측 불가능한 세상사에 여기저기 얻어터지다 보니, 공격을 피하는 기술을 저절로 습득했달까?

한때 어른들이 시키는 대로 미래를 준비해보려고 무던 애를 쓰던 시절이 있었다. 물론 고민만 했을 뿐, 딱히 뾰족한 수가 있었던 건 아니었다. 대학과 대학원을 나와 좋은 직장에 취업해 높은 연봉을 받는 루트도 노려봤고, 성공적인 사업가가 되겠다는 꿈도 꿔봤다. 결론적으로는 그 어떤 것도 잘 풀리지 않았지만. 미래를 위한 노력은 늘 너무 쉽게 허사가 됐다.

남들이 하라는 준비는 다 해봤지만, 결국엔 아무것도 준비하지 못했다. 이쯤 되니 미래를 위한 준비란 게 가능한 건지 의문이 들기 시작했다. 이제 어쩌지? 육성 시뮬레이션 게임을 한 번이라도 해본 사람은 알겠지만, 스타트를 잘못 끊은 게임은 중간에 되살리기가 어렵다. 해피엔딩을 보려면 해결책은 리셋뿐이다. 하지만 우리 인생이 게임도 아니고, 어떻게 리셋이 가능하겠는가. 과거로 회귀할 수 있는 능력이 있는 것도 아니고.

그렇게 뾰족한 해결책을 찾지 못한 채 세월은 계속 흘렀다. 그리고 믿거나 말거나, 아무것도 준비하지 못한 채 맞이한 30대에도 내 삶은 여전히 계속되고 있다. 좋아서 시작한 푼돈 아르바이트는 어느새 경력이라고 부를 만한 것이 됐고, 재미있어서 시작한 회화나 유튜브는 일상의 즐거움이 됐다. 또 어쩌다 보니 시골에서 살고 있다는 이유만으로 책을 쓸 기회까지 주어졌다. 그리고 이 모든 건 귀촌을 지속할 수 있는 바탕이 되어주었다. 20대부터 잘 준비하지 않으면 큰일이 날 거라 예상했던 삶에는 의외로 큰일이 일어나지 않았다. 삶은 그저 예측하지 못한 방향과 형태로 계속될 뿐이었다.

인생은 마음대로 풀리지 않았고,
결국 아무런 준비도 못한 채 오늘을 맞았다.
그럼에도 불구하고 내 삶은
어느새 나와 닮은 결을 지닌 무언가가 되었다.

준비와는 상관없었다. 그건 아마도 인생이야말로 준비와
는 가장 거리가 먼 것이기 때문일지 모른다. 내일 어떤 일이
일어날지, 난 지금까지도 몰랐고 앞으로도 알 수 없을 것이
다. 어떤 사건사고도, 불운도 행운도 나는 예측할 수 없다.

돈을 벌겠다고 시작한 일은 때로 손해를 불렀고, 수입과
상관없이 하던 일은 의외의 행운을 불러오기도 했다. 남들
이 하고자 하는 일들은 모두가 원했기에 그로부터 많은 걸
얻을 수 없었다. 하지만 남들이 무시하고 회피하는 일은 누
구도 원하지 않았기에 비로소 내게 기회가 되었다. 사람들
은 귀촌 생활이 지속될 수 없다고 했지만, 귀촌했기에 시작
할 수 있었던 일들 덕분에 나는 이 생활을 지속할 수 있었다.
인생이 미지의 것인 만큼 무엇이 나를 인도할지 삶을 어떻

게 변화시킬지는 결코 알 수 없었다.

　오늘도 나는 플러스도 마이너스도 아닌 얼렁뚱땅한 하루를 보냈고, 미래를 보장받지 못했다. 그러나 나는 더 이상 미래를 준비하려 아등바등하지 않는다. 내 삶을 믿고 그저 오늘을 살아간다. 살아보지 않은 내일보단 살아가고 있는 이 순간에 충실하는 것. 그것이야말로 내일을 준비하는 내 나름의 최선이니까!

시골이 약이 되는 사람

시골집의 아침에는 시계의 알람 소리도, 깨우는 사람도 없다. 그런데도 아침 6시가 되면 마치 전날 백미 취사 예약이라도 해둔 마냥 눈이 자동으로 떠진다. 이전이라면 상상조차 하지 못했을 일이다. 원래 내게 아침 6시란 하루를 시작하기에는 한참 이른 시간이었기 때문이다. 도시에서는 모두가 출근한 다음에야 침대에서 몸을 일으키는 것이 보통이었다. 그러나 시골에 온 뒤로 내 생활은 180도 달라졌다. 이제야 알 것 같다.

나 같은 인간은 진즉 시골로 왔어야 했다.

사실 나는 부지런하고 규칙적인 생활과는 평생 담을 쌓고 살았다. 그런 나를 잘 아는 부모님이기에, 내 귀촌 계획을 처음 들었을 때는 온통 걱정뿐이었다고 한다. 10년 동안 프리랜서로 재택근무를 하면서 자외선을 혐오하고 도시의 편리를 즐기는 딸이 귀촌을 한다니, 한숨이 나올 만도 하지. 특히 아빠는 회의감을 내비쳤다. 집 나간 사회성, 게으름, 저질체력. 이 모든 것을 갖춘 나. 이런 성향으로도 도시에서는 방구석에 처박혀 그냥저냥 살아갈 수 있지만, 그런 나태한 태도가 시골에서도 통하겠냐는 거다.

"시골에서 아무나 살 수 있는 줄 알아?"
"왜 못 살아! 난 할 수 있어!"

이 호언장담은 객기가 아니라 진심이었다. 거기도 다 사람이 사는 곳인데 도시와 뭐가 그리 다르다고? TV만 켜면 볼 수 있는 〈한국기행〉만 봐도 젊은 사람들 역시 시골에서 잘만 살았다(원래 남들이 하는 건 다 쉬워 보이기 마련이지…). 생각해보면 내가 앞뒤 가리지 않고 귀촌을 감행할 수 있었던

건 무지해서였다. 무식하면 용감하다더니. 역시 옛말에 틀
린 말 하나 없다.

내 머릿속은 그야말로 꽃밭이었다. 디즈니 애니메이션
에 물든 내게 시골집이란 꿈과 희망이 가득한 판타지 세계
에 가까웠다. 영화 〈백설공주〉처럼 노래를 부르고 춤을 추면
알아서 가꿔지는 텃밭과 동물들이 관리해주는 정원! 어린애
같은 상상이 아니더라도 실제로 시골에 가면 모든 게 알아
서 해결되리라는 막연한 믿음이 있었다. 그런데 웬걸, 직접
살아본 시골은 디즈니 동산이 아니었다. 현실은 시련투성이
의 해병대 캠프, 약해빠진 인간들이 새로 태어나는 곳. 시골
은 바로 그런 곳이었다.

이곳에서는 게으름이 용인되지 않았다. 도시에서는 특별
한 일이 없으면 침대와 물아일체가 되어 종일 만화를 읽거
나 잠이나 자는 삶을 즐겼다면, 이제 그런 무척추동물 같은
생활과는 영영 안녕이었다. 왜냐, 이곳에서 나는 조물주나
다름없기 때문이다.

밭에 심은 농작물은 매일 물을 주지 않으면 말라비틀어지거나 벌레에게 뜯어 먹힌다. 또 잡초들은 매일 뽑아주지 않으면 하루가 다르게 괴물처럼 증식해버리고, 보일러 기름을 제때 채워 넣지 않으면 겨울밤 방 안에서 시베리아 한파 체험을 하게 되는 수가 있으며, 쓰레기를 제때 처리하지 않으면 파리 떼가 창궐하고, 고양이 똥은 그때그때 치우지 않으면 온 밭이 똥으로 가득해진다. 내가 일하지 않으면 이 세상은 망해버린다. 다시 말해 시골에서 부지런함이란 곧 생존이고, 살아남고 싶으면 부지런해져야 한다. 게으름뱅이에겐 시골이 명약이었다.

시골에서는 이런 병도 치유된다. 바로 '벌레 혐오증.' 이곳에서는 각종 벌레와 뱀처럼 도시에서는 보기 힘든, 조금은 무섭게 생긴 녀석들을 도처에서 만나볼 수 있다. 거미나 개미는 귀여운 축에 속한다. 시골에는 그리마, 노래기, 지네와 같은 빠르고 다리가 엄청나게 많은 절지동물이 흔하다. 처음에는 징그러웠고 시간이 흐른 뒤에는 좀 싫은 정도였지만, 이제는 덤덤하다. 고무장갑만 있다면 직접 잡아서 내보

낼 수도 있다. 동고동락하다 보니 이제는 그들과 입장을 바꿔 생각하는 것도 가능해졌다.

'그들에게는 내가 압도적인 크기의 어마어마한 괴물로 보이겠지?' '환경보존의 의미에서 지구에 정말 해로운 건 벌레가 아닌 인간 아닐까?'

인간이 야기한 온난화로 곤충의 개체 수가 41퍼센트 감소한 지금, 우리 인간은 여전히 존재하고 있는 곤충들에게 다만 감사해야 하는 입장인지도 모른다. 그런 생각을 하다 보면 '벌레 혐오증'도 자연스레 치유되는 것 같다.

사람들은 여전히 묻는다. 시골로의 이사를 후회하지 않느냐고. 덜컥 사버린 집이 짐처럼 느껴질 때는 없냐고. 어느새 3년의 시간을 시골에서 보낸 내 대답은 여전히 '아니오'다. 식물들을 키우다 보면 적합한 땅에 심었을 때, 비로소 뿌리를 내리고 번성하는 모습을 보곤 한다. 사람도 그와 다르지 않다고 생각한다. 나와 맞는 땅 위에선 어떤 시련과 장애도 나를 더 단단히 하는 자양분이 된다.

시골에서는 대부분의 일을 내 손으로 직접 해야 한다. 이 곳에서 나는 흙을 만지고 식물을 돌보며 몸을 움직인다. 인터넷 속의 지식과 사람들의 말, 도시의 넘쳐나는 정보와 무관한 나만의 경험을 쌓아간다. 그리고 난 그것을 통해 매일 조금씩 성장하고 있다. 참 신기한 일이다. 여태 더 나은 사람이 되기 위해선 남의 것을 보고 듣고 배워야만 한다고 생각했는데, 실상 변화를 위한 가장 중요한 조건은 '내게 맞는 환경'이었는지도 모르겠다. 내게 맞는 땅을 찾으면 크게 노력하지 않아도 자연스럽게 꽃을 피울 수 있다. 바람에 이리저리 나뒹구는 사막의 회전초처럼 살아가던 나는, 마침내 시골에서 뿌리를 내릴 수 있는 땅을 만났다.

나는 오늘도 시골에서
사람답게 살아가는 법을 배운다.
천천히 자라 마침내 꽃을 피우고
열매를 맺는 식물들처럼, 그렇게.

누렇게 떠서 죽어가는 나무의 자리를 옮겨주자 며칠 만에 싱싱하게 되살아났다. 거름을 주고 가지를 쳐내도 계속 시름시름 앓길래 왜 그런가 했더니 흙이 좋지 않았던 모양이다. 나의 무지로 15만 원을 한순간에 날릴 뻔했다. 자리의 중요성이란….

게으름뱅이의 변명

"어머, 쟤 또 저러고 잔다. 일어나!"

초등학교 1학년 때, 난 동네에서 유명한 꼬마 노숙자였
다. 졸리면 장소를 가리지 않고 잠에 빠져들었기 때문이다.
바이올린 학원 로비든 벌건 대낮의 길바닥이든 잠이 몰려오
는 순간, 내가 서 있는 곳은 곧 침대가 됐다. 학원 가방을 베
개 삼아 대로변에 누워 있는 어린아이를 보고 동네 어르신
들은 무슨 생각을 했을까? 적어도 정상적인 집안의 아이라
고는 여기지 않았을 것이다.

그런 기행은 엄마가 길바닥에 누워 있는 나를 목격할 때까지 이어졌다. 엄마는 내게 노숙의 이유를 물었지만 나는 아무런 대답도 하지 못했다. 스스로도 답을 몰랐던 탓이다. 만 여섯 살의 아이가 피곤에 절어 길에서 잠들 이유가 대체 무엇이었을까. 지금 와서 되돌아보면 어린애가 육체적으로 고단했을 리는 없고, 나는 다만 삶에 지쳐 있었다고 생각한다.

만 세 살부터 다섯 살까지 부모님과 함께 미국에서 살다가 한국으로 돌아온 나는 초등학교에서 고전을 면치 못하고 있었다. 한국어가 익숙하지 않아서 받아쓰기를 하면 매번 30점을 넘기지 못했다. 엎친 데 덮친 격으로 당시 담임선생님은 틀린 문제의 개수만큼 아이들의 귀밑머리를 세게 잡아당기는 사람이었다…. 적응하기도 바빠 죽겠는데 불쾌한 체벌까지 감내해야 하다니. 만 여섯 살의 아이에게 세상은 너무나도 고통스러운 곳이었다.

그러니까 내 뇌는 그런 상황에서 벗어나려고 했던 것 같다. 일종의 휴업이랄까? 나의 뇌는 '앗, 이건 좀 오버인 것 같은데?'라고 생각하는 순간, 사업장 문을 닫고 셔터를 내려버리곤 했다. 내가 더 이상 무리수를 둘 수 없게끔.

삶에 지쳐 길바닥에서 잠을 청하는 주정뱅이의 마음을 지금은 백번 이해한다. 그런 식으로라도 삶을 회피하지 않으면 도저히 하루를 살아낼 자신이 없는 것이다. 어린 시절의 나도 사는 게 힘들 때마다 꿈나라로 도망쳤다. 그것이 꼭 내가 나약해서라고는 생각하지 않는다. 보고 싶지 않으면 눈을 감고, 듣고 싶지 않으면 귀를 막으며 그 시절을 견딘 걸 테지. 도무지 감당이 되지 않는 상황이라면 눈과 귀를 닫는 것 외에 무슨 방도가 있을까? 그건 도피가 아닌 자기방어다.

어린 시절에는 압박이 한계에 달할 때마다 잠으로 상황을 극복했지만, 나이가 들자 그마저도 어려워졌다. 하고 싶은 일과 해야 할 일이 늘어나면서 뇌의 종료 버튼을 누를 수 없는 순간이 오고야 만 것이다.

스물다섯 살, 늦깎이 대학생이 된 나는 서둘러 학업을 끝

내겠다는 마음으로 학기마다 22학점을 꽉꽉 채워 듣고, 다음 학기 추가 학점을 듣기 위해 A를 놓치지 않으려 정말 공부만 했다. 그뿐일까? 공강에는 과제를 하고, 매일 저녁엔 여섯 시간씩 알바를 뛰었으며, 주말엔 일러스트레이터 모임에 나갔다. 모임에 갈 땐 늘 그림을 챙겨야 했으므로, 주말에도 새벽에 일어나 그림을 그리곤 했다. 어린 시절이었다면 하루에도 몇 번은 길에 쓰러져 잠들었을 스케줄을, 어른이 된 나는 꾸역꾸역 감행했다. 여기서 그만두면 안 된다고 생각했으니까. 끝까지 해내겠다는 일념 하나로 버텼다. 결국엔 몸이 스트레스를 감당하지 못하고 먼저 나가떨어지긴 했지만 말이다.

놀고 싶다.
쉬고 싶다.
잠자고 싶다.

뇌가 본능적으로 쉬고 싶다고 말했다. 놀고 쉬고 자는 것을 죄악시하는 세상이지만, 난 뇌의 말에 따르기로 했다. 그건 게으름뱅이의 소리가 아니라 살고 싶어 하는 사람의 외침이었으므로.

난 항상 경쟁에서 이기고 싶어 하는 사람이었지만, 그런 스트레스를 이겨내기에는 또 터무니없이 약한 개체였다. 내가 감당할 수 있는 건 딱 여기까지. 더 이상 무리하는 건 나 자신에게 못 할 짓이다. 그것이 비록 경기장 이탈을 뜻할지라도 제 분수에 맞지 않게 달리다가 폐사하는 경주마가 되는 것보다는 나았다.

대학교에서 철학과 수업을 들으며 배운 것이 있다면 삶의 진리는 가장 단순한 곳에 있다는 사실이다. 당대 최고의 천재였던 철학자들의 공통된 가치관은 인간은 자유롭고 조화롭게 살아야 한다는 것이었다.

모쪼록 무리하지 않으며
내게 허락되는 만큼 천천히 걸어가는 것.

철학과에서 배운 지혜가 이렇게 삶에 녹아들기까지 무려 7년의 세월이 걸렸다. 하지만 그런들 어떠하랴. 앞으로 살날이 구만리인데 7년이 뭐 대수라고.

나와 내 인생을 의심했던
모든 '나'에게

"책 출판 어떻게 생각하세요?"

어느 날 출판사에서 연락이 왔다. 정말이지 오래 살고 볼 일이다.

오래전부터 글 쓰는 걸 좋아했지만 출판은 생각도 하지 못했다. 내가 출판이라니? 그건 특별한 사람들만 하는 거라고 생각했다. 자신의 이야기로 사람들의 공감을 끌어내야 하는 것도 모자라 200페이지가 넘는 분량을 마감에 맞춰 완성한다는 건 생각만으로도 부담스러운 일이었다. 창작과 마감. 참 무시무시한 단어들이라고 생각하던 찰나, 어라? 깨달음은 불현듯 찾아왔다. 그러고 보니 이건 내가 항상 해오던 일이잖아?

현재 유튜브 채널에서 잔잔한 내레이션을 통해 나의 가치관을 공유하고 있는 나는, 스스로 선택한 영상 포맷 탓에 2년이 넘도록 매주 유튜브 대본 마감에 시달리고 있다. 왜 이런 고통의 굴레를 자처한 것인지 아연할 때도 있지만, 아무튼 지난 3년간 나는 손에서 펜을 놓은 적이 없다.

그러니까 글 쓰는 건 내겐 생활이었다. 밥 먹고 잠자는 것만큼 익숙한 일에 왜 겁을 먹고 있지? 그렇게 생각하자 갑자기 자신감이 솟구치고, 투지가 불타올랐다. 그래, 해보자! 어차피 매주 쓰고 있는 원고에 몇 장을 추가하는 게 뭐가 그리 대수라고!

"네, 한번 해보겠습니다!"

그렇게 나는 1년에 가까운 시간을, 원고 작업하느라 피똥을 싸게 됐다. 이건 데자뷔인가? 아아, 사람의 욕심은 끝이 없고 실수를 반복한다….

나도 한때는 글쟁이가 되는 꿈을 꿨다. 이를테면, 인터넷 소설 작가 같은. 평단의 추천을 받는 순문학의 소설가보다는 '좋아요'라는 추천과 '다음 화가 기다려집니다'라는 댓글 세례를 받는 작가 쪽이 더 탐났다. 어쩌면 나는 타고난 관종인지도 모르겠다.

열네 살 무렵, 나는 밤 11시만 되면 모두가 잠든 틈을 타, 작은 인터넷 사이트에서 소설을 연재했다. 부모님께 들킬까 봐 한밤중에 몰래 혼자 어두운 방에 웅크리고 앉아 글을 썼고, 그러다 공연히 어둠이 무서워질 때면 남동생을 동행하기도 했더랬다.

그래서 글이 인기가 있었느냐고 묻는다면… 전혀 아니었다. 내용도 뒤죽박죽, 소재도 엉망, 사실 확인 하나 되지 않은 엉터리 글이었으니 당연히 그럴 수밖에. 조회 수는 늘 두 자릿수를 넘기지 못했고 간혹 달리는 댓글은 '잘 봤어요' 따위의 성의 없는 내용이 전부였다. 그런데도 연재를 멈추지 않았던 건, 그런 소소한 반응마저도 내게는 최고의 찬사처럼 여겨졌던 탓이다. 내 글을 읽어주는 사람들이 있다니! 어린 나에게 글을 쓰는 데 그 이상 이유는 필요치 않았다.

글쓰기를 향한 나의 애정은 늘 한결같았다. 출판 제의가 왔을 때, 선뜻 받아들인 건 결국 그런 이유에서일 것이다. 결과와 상관없이, 한 번이라도 이러한 애정을 꽃피워 보고자 했으니까.

지금 이 책의 마지막 원고를 보는 기분은 참 묘하다. 인생의 징검다리에서 한 발짝 더 나아간 기분이랄까? '만약에'라는 아쉬움을 남기지 않기 위해, 새로운 기회가 찾아올 때마다 나는 그것을 끝내 붙잡았던 것 같다. 결과는 나조차 알 수 없지만, 괜찮다. 용기를 내서 새로운 경험을 했다면 그것으로 된 거다. 용기의 기록이 쌓일수록 스스로에 대한 믿음이

깊어진다. 인생을 겁내지 않을 수 있다.

이렇게 난 오늘도 한발 앞으로 나아간다.
누구와도 다르게, 누구보다 느리게.
세상이 살라는 대로 살지 않아도
잘 살 수 있다는 것을 확인하며.
나는 썩 잘 살아가고 있다.

나와 내 인생을 의심했던 모든 '나'에게.
이렇게 살면 큰일 날 줄 알았지?

이렇게 살면
큰일 나는 줄 알았지

초판 1쇄 발행 2023년 7월 5일

지은이 리틀타네

발행인 이재진   **단행본사업본부장** 신동해
편집장 조한나   **책임편집** 윤지윤
마케팅 최혜진 최지은   **홍보** 정지연
디자인 room 501   **제작** 정석훈

브랜드 웅진지식하우스
주소 경기도 파주시 회동길 20
문의전화 031-956-7356(편집)   031-956-7127(마케팅)
홈페이지 www.wjbooks.co.kr
인스타그램 www.instagram.com/woongjin_readers
페이스북 https://www.facebook.com/woongjinreaders
블로그 blog.naver.com/wj_booking

발행처 ㈜웅진씽크빅
출판신고 1980년 3월 29일 제406-2007-000046호

ⓒ 리틀타네, 2023
ISBN 978-89-01-27355-6 03810